나에게로 가는 나

진노랑

꿈꿈북스

* 목차 *

~~~~~~~~~~~~

Ⅰ. 저 달

Ⅱ. 혹부리와 낮도깨비

Ⅲ. 회색 문 너머에는

Ⅳ. 그 누가

Ⅴ. 순천명

* 목차 *

VI. 역적지자의 기개

VII. 풀꽃 밭에서 꾼 꿈

VIII. 큰 행운

IX. 빛이 쏟아지다

X. 그곳에 있는 건, 자유

1. 저 달

1.

****

 진시아, 그녀가 태어나던 날은 만월(滿月)이 천지 만물을 비췄다고 전해진다. 밤늦도록 산실을 밝혀준 달빛은 마치 곧 태어날 아이를 함께 기다리는 것만 같았고, 마침내 그녀가 세상에 모습을 드러낸 순간에는 찬연한 달빛을 받아 그 작은 목 뒤쪽에 박힌 일곱 개의 점이 별처럼 빛났다 한다.

"상서로운 징조군요."

 산부인과 의사가 그 여린 등을 두드리니, 그 첫울음 소리가 하도 커 마치 달에까지 닿을 것만 같았다고 한다.

"장차 큰일을 하겠구나."

 시아는 자라며 숱하게 이 말을 들었다. 그녀의 부모님은 이 말을 한 날이면 어김없이, 북두칠성님에겐 수명부(受命符)가 있어 달이 차면 생을 주고, 달 가시면 생을 거두어 다시 달에서 살게 하시니 한시도 헛되이 보내선 아니 된다는 말도 덧붙였다.

으레 그리 믿어야 하는 것이려니 여겼지만, 태어난 지 딱 열 해가 되었을 때 시아는 북두칠성의 수명부에 큰 의문을 가지게 되었다고 한다.

"저 달로 갈 수 있는 길을 모르시나요?"

어린 시아는 달을 올려다보며 눈물을 축였다. 그건 저 달 어딘가에 엄마, 아빠가 있으리라 믿기 때문이었다.

"저 달, 사람이 살아선 갈 수 없는 곳이지. 아무리 보아도 도달할 수 없고, 아무리 손을 뻗어도 만질 수 없지."

시아가 크게 실망하자 할아버지는 따스하게 손을 잡아주며 말을 이었다.

"대신 그 비슷한 곳을 알지."

"그곳이 어디인가요?"

"바라는바 모두 이루어지는 초승달 모양의 도시가 있지."

"가보고 싶어요."

가서 엄마와 아빠를 돌려달라고 빌고 싶었다.

할아버지는 고개를 끄덕이며 어린 시아를 정든 부모님의 집에서 데리고 나갔다. 그 길에 바로 시아를 배에 태웠고, 그 배는 광활한 바다를 가로질러 갔다.

그 초승달을 닮았다는 고을을 향해 가던 동안 낮에는 온통 푸른 바다를 보곤 했고, 밤이면 온통 검은 밤하늘을 보곤 했는데, 뭇별들을 지켜보다 문득 의문이 생겼다.

"어째서 밝은 별도 있고, 희미한 별도 있나요?"

"저 하늘의 별마다 저마다 사연이 있단다. 사람마다 저마다의 이야기가 있듯이."

할아버지는 시아를 위해 하늘의 뭇별을 가리키며 별들의 사연을 들려주곤 했다. 밝든, 흐리든 귀하지 않은 별이 없었다.

"별 중에서도 북두칠성이 가장 빛나지. 시아야, 너는 저 하늘의 중심에 서서 흐린 별을 보살펴줄 사람이 되어야 한다."

할아버지의 그 말은 어린 가슴을 먹먹하게 만들었다. 꼭 그런 사람이 되겠다고 다짐하며 배에서 내렸다.

그들이 한적한 바닷가 포구에 당도한 시간은 저녁이었다. 포구에 닿자마자,

"선생님!"

대학생쯤으로 보이는 남자가 달려와 넙죽 허리를 굽혔다.

졸린 눈이 깜빡이던 시아는 남자의 검은 그림자가 슬그머니 자신을 쳐다보는 것을 느꼈다. 시아가 빤히 바라보자, 그자는 연신 간교해 보이는 미소를 지었다.

"손녀입니까? 예쁘기도 하지요."

졸린 눈을 비비며 땅 아래를 보던 시아는 그자의 그림자에 메추리알 크기의 음흉 주머니가 달린 것을 발견했다. 시아는 고개 숙인 남자의 얼굴에 손을 뻗어 혹을 쑥 잡아당겨 보았다.

"혹부리?"

그래도 그자는 허허 웃으며 다시 허리를 조아렸다. 하지만 그자의 그림자가 살짝 고개를 돌렸을 때, 시아는 보았다. 그 얼굴이 마치 도깨비처럼 험상궂게 찌푸려 있었다.

"저 남자의 얼굴은 웃고 있지만, 그림자는 도깨비처럼 찡그려요."

"저 혹 때문에 나쁘게 보이겠지만, 선한 내 제자다."

"참말로요?"

혹부리의 그림자에 손가락으로 뿔을 달아주었다. 시아는 고개 숙인 그림자가 움찔한 것을 보았다.

"차에 타십시오."

혹 달린 남자는 허리를 깊숙이 굽힌 후, 앞서서 어딘가로 안내해 주었다. 시아는 앞서서 가는 혹부리 대학생의 몸체와 그림자를 번갈아 가리켰다.

"이게 진짜인가요, 저게 진짜인가요?"

"그림자."

그렇다면 역시 간사한 자이다.

"기억해라. 쇠망하여 모두 떠나도 그림자만은 마지막까지 남아 벗이 되어주지."

어린 시아가 할아버지의 말을 알아듣지 못하며 고개를 갸웃거리던 사이, 혹부리는 어느 집 앞에서 차를 멈추었다.

"혹시 저 아이가 연권의……"

"손자죠."

마당에는 중학생 교복을 입은 소년이 있었다. 혹부리와 달리 그림자마저도 거짓 없이 선하게 보였다.

"우천이 이 사람! 예까지 어쩐 일인고?"

"연권이 자네에게 내 손녀를 보여주러 왔네."

부모님이 그러하였듯 할아버지도 시아의 목 뒤쪽에 박힌 일곱 개의 점을 뽐내며 보여주었다. 그러자 할아버지의 벗 또한 지대한 관심을 보이며 넌지시 자기 손자에 대해 운을 뗐다.

"지금 중학생이네. 우리 손자와 혼약을 맺지 않겠나?"

"좋지!"

"약속한 게다? 어서 칠성님께 맹세하라!"

"그러세. 시아야, 가자. 이곳에서 소원을 빌면 모두 다 이뤄지느니."

"정말로요?"

"그래, 시아는 무얼 빌고 싶냐?"

"달을 갖고 싶어요."

"허허허, 누가 진우천이 손녀 아니랄까 봐 벌써 달 타령이군."

산짐승들의 울음소리로 가득했던 산길을 할아버지에게 업힌 채 가던 사이, 잠이 쏟아졌다. 이 온기와 달빛에 감싸여 잠들고 싶었다. 그러다가도 할아버지가 자세를 바꾼다든지 잠시 걸음을 멈춘다든지 할 때마다 무거운 눈꺼풀을 화들짝 뜨곤 했다. 그럴 때마다 중학생이라는 오빠가 손등을 토닥토닥 두드려주곤 했다.

"까만 모래가 붙어서 반짝여."

소년이 시아의 목에 손을 올리고 모래를 떼어주려 했다. 당연히 그 모래는 시아의 살갗에 달싹 붙어 안 떨어졌다.

"하나……."

그러자 소년은 손가락으로 점을 따라가며 세었다.

"둘, 셋……. 넷."

시아는 소년이 칠원성군을 다 셀 동안, 밤하늘을 올려다보며 북두칠성을 찾았다.

"다섯……. 여섯……."

아쉽게도 구름 때문에 별이 보이지 않았다.

"일곱……."

소년이 시아의 손을 잡아당기자 신기하게도 구름이 싹 흩어지고 달님이 그 환한 모습을 드러냈다. 시아는 할아버지와 소년이 자신을 달로 데리고 가는 거라는 상상을 하였다. 그만치 그날 달은 밝았고 달빛은 쏟아질 듯 아름다웠다.

"내 이름은 우유호."

"우유?"

"아니, 우유호!"

"우유…… 오빠……."

할아버지들의 걸음이 멈추었을 때, 그 어느 때보다 달과 가까이 선 느낌이 들었다. 주변을 둘러보다가 시아와 눈이 마주친 소년은 배시시 웃었다. 어린 시아의 눈에 그런 소년이 반작여 보였다. 마치 저 하늘의 별처럼.

그게 그 바라에서의 마지막 기억이다. 다시 육지에 돌아가 조부모의 따스한 애정 속에서 무럭무럭 자라는 동안, 시아의 머릿속에서 그 바닷가 도시에서의 일은 까맣게 잊혔다.

2.

****

 바라의 이름을 다시 떠올렸을 때는 십여 년이 흘러, 스무 살이 되고 나서다. 붙은 대학이 바라에 있었다. 시아가 바라로 떠나는 날, 할아버지는 시아의 두 손을 꼭 쥐며 말하였다.

"마음이 흐트러질 때마다 달을 보아라. 그러면 아무리 어두워도 길을 잃지 않는다."

 배웅하는 조부모를 뒤로하고, 바라로 갔다.

 대학교 근처 원룸에 짐을 풀고, 밖으로 나왔다. 얼마 걷지 않아서 바다가 나타났다.

"진시아! 맞지?"

 낯선 목소리가 들렸다. 무심결에 고개를 돌리려다가 땅 아래에 드리워진 그림자를 보고 깜짝 놀랐다.

"어째서 네가 여기 있지?"

씨근씨근한 숨결을 뿜어내며 다가오는데도 온몸이 얼어붙은 듯 꼼짝할 수조차 없었다.

"기억나지?"

혹이 있다. 어린 시절에 본 그자가 분명했다.

"같은 혹부리끼리 잘해보자."

"저는 혹이 없어요."

"여기 혹이 있군."

남자가 북두칠성 점이 위치한 부위를 가리켰다.

"아주 크구나."

"없어요."

"네 할아버지가 그 혹이 되겠지."

"무슨 뜻인가요?"

"불우한 환경의 사람들을 도우려고 노력하셨지. 나쁘게 말하면 오지랖이지. 그렇게 남을 돕다가 이젠 자신의 형편이 어려워져 네 입학금을 내게 빌려야 할 정도로……."

"네?"

"전혀 몰랐나 보군. 내게 빚이 많으시다."

남자가 가고 혼자 남자, 눈물이 뺨 위를 핑그르르 돌다가 모래 위로 떨어졌다. 하얀 물보라가 유유히 다가와 수포를 뽀그르르 내며 발을 적시고 다시 쓸려갔다. 그녀의 눈물도 물거품에 쓸려가고 못난 자신의 그림자만 덩그러니 남아 있다.

"아르바이트라도 구해야겠다."

어느덧 푸르스름해져 가는 서쪽 하늘의 초승달이 그날따라 파리하게 느껴져 자세히 올려다보았다. 끝 부러진 초승달이었다. 가만 보노라니 그 달이 자신과 닮아 보였다. 저 달처럼 시아도 가장 중요한 것이 비어 있다. 그것은…….

"나."

시아의 가슴속에는 가족과 친구는 있지만 자기 자신은 없다. 어쩌다 그렇게 되었냐면, 친척들에게 그게 부모가 없는 아이가 살아가는 법이라고 들어서이다.

작은 거 하나 욕심부린 적 없었다. 떼 한 번 쓴 적 없었다. 그렇게 자라는 동안, 자신의 욕망은커녕 감정도 눈치채지 못하는 사람이 되었다.

"난 내가 가장 어려워."

시아는 궁금했다. 이제 성인이 되었음에도 자신이 누구인지, 무얼 원하는지 확신이 서지 않아서 자기 자신이 수수께끼처럼 어려웠다. 그런 자신이 나약하다고 생각했다.

사람들에게 양보하고, 배려할 뿐 제대로 거절해 본 적이 없었다. 이런 그녀와 달리 친구들이 자신의 욕망과 꿈을 이루기 위해 거침없이 전진하였다.

"'나'를 알아봐야겠어."

한 발 한 발 내디디며.

****

집으로 돌아온 시아는 눈을 감고 잠을 청했다. 어느 순간에 무거워지는 눈꺼풀, 흐릿해지는 시야. 오늘은 어떠한 꿈을 보여주려고 이렇듯 갑작스레 잠에 빠져들게 하는 걸까. 짐짓 두렵다.

부모님이 돌아가신 후로 단 하루도 빠짐없이 악몽을 꾸었다. 고작 꿈에 불과하지만, 마음이 야금야금 약해지다가 밤이면 보이지도, 잡히지도 않는 형체 없는 불안에 잠을 못 이루는 지경에 이르렀다.

"가. 제발……."

잠든 지 오래되지 않아 시아의 얼굴이 찌푸려졌고, 허공에 손을 휘적휘적 내밀다가 앓듯이 신음했다.

"멈춰. 제발……."

3.

****

젊은 남자를 뒤쫓아 달리기 시작하자, 상쾌한 바람이 불어왔다. 쫓기는 남자의 거친 호흡 소리와 쫓아가는 그녀의 총총 발소리에 놀라 산새들은 날갯짓하여 둥지로 날아갔고, 작은 산짐승들은 바짝 몸을 숨죽이며 숨어버렸다. 쫓고 쫓기던 그 순간이 마치 유희하는 것 같았다.

그러던 어느 순간, 남자의 모습이 보이지 않았다. 마치 허공 속으로 사라진 것 같았다. 소리가 들리지 않나 귀를 세웠는데, 깊은 산속은 바람마저 고요하다. 다만, 계곡과 가까워졌는지 물소리가 진진히 들려왔다.

여긴 어디일까?

처음 와보는 곳이었다. 물소리에 이끌려 한 발 한 발 걸음을 옮겼다.

눈앞을 어지럽히는 수풀을 헤쳐 나가자, 좁은 산길 양옆으로 가지를 뻗은 복사나무가 펼쳐졌다. 앞으로 나아갈수록 물안개가 짙어졌고, 좌르르 물소리가 귓전을 울렸다. 어느 순간, 층암에 둘러싸인 계곡이 홀연히 모습을 드러냈다. 여긴 무릉도원일까?

거암에서 폭포수가 떨어질 때마다 물안개가 피어올랐다. 왠지 이 촉촉한 안개가 아늑하게 느껴졌다.

"당신은 누구신가요?"

"우은무."

남자는 짙은 안개에 몸을 숨기고 마치 그림자처럼 그녀의 뒤를 조용히 따라오고 있었다. 자신이 남자의 뒤를 쫓는 줄 알았건만 사실은 남자가 자신을 이곳으로 데려온 것일지도 모른다.

"여기 사세요?".

남자의 거친 숨소리가 낮게 울렸다.

풍덩!

남자는 시아의 허리를 잡고 그대로 물속으로 끌고 들어갔다.

그에게 붙들린 채 이리저리 버둥거리다가 찰바당 소리를 내며 그의 손에서 빠져나와 내빼버렸다. 그가 다시 손을 뻗으며 다가와 시아의 팔을 붙잡으려 했지만, 시아는 또다시 쏙 빠져나갔다. 그 순간, 물고기처럼 자유롭게 느껴졌다.

"꼭꼭 숨겨라."

"무얼요?"

"그림자."

무슨 말인지 궁금해져 그에게 다가갔다.

"검은!"

그는 시아를 뒤에서 껴안고서 어딘가로 가려 했다. 이미 감각이 없는 몸이 되어 그저 그에게 기대어져 끌려갔다. 그가 데려가는 곳이 용궁처럼 신비로우리란 생각에……

순간, 부드러운 물거품이 에워쌌고 작은 물고기 떼들이 그들 사이로 헤엄쳐갔다. 흘러가는 대로 몸을 맡기니 하얀 물보라가 거품처럼 사라졌고, 눈 깜짝할 사이 어느새 발이 뭍에 닿아있었다.

그가 그녀에게 다가오며 머리를 흔들자, 후드득 물방울이 떨어졌다. 그 물방울이 복부 아래까지 타고 내려갔고, 그가 움직일 때마다 허벅진 근육이 불거졌다. 탄력 넘치는 그 몸을 보며 그녀는 조용히 한숨을 쉬었다. 남자에게 유희의 끝은 무엇일까.

"한순간, 한순간……."

그는 서서히 그녀의 몸 위로 올라와 양손을 꽉 잡았다.

"다하고 싶다."

물에 젖어 끈적이던 두 몸이 겹친 채로 그녀는 짙은 물안개에 에워싸인 계곡을 응시하였다. 저 안개 속에서 무서운 것이 불쑥 튀어나올 것만 같았다.

"아무도 오지 않는다."

그는 길디긴 숨을 내뱉으며 잔잔한 물결처럼 느릿느릿하게 그녀의 얼굴을 더듬었다. 그날 햇살과 물살이 한가로워서 그리 느껴졌을지도 모른다. 물속에 오래 잠겨 있으면 몸의 감각이 얼듯이 모든 게 몽롱해지고 잔잔한 황홀감이 밀려들었다.' 눈을 감자 폭포 소리가 아련하게 울렸다.

"진, 시, 아."

갑작스레 들린 여자의 목소리에 놀라 눈을 떴다. 등 돌리고 선 검은 머리의 여자가 있었다.

"저를 아세요?"

"알, 지."

검은 머리 여자가 시아 쪽으로 몸을 돌렸다. 하얗다. 얼굴이 밀가루를 뿌린 것 같았다. 작다. 단추처럼 눈이 작다. 빨갛다. 입술이 앵두를 먹은 것처럼 빨갛다. 크다. 귀에 닿을 듯이 웃고 있는 입이 조커보다 더 크다.

무섭다.

"나를 알겠니?"

"모, 몰라요."

"너와 제일 친한 친구인걸."

"치, 친구요? 거짓말 마세요."

"이것 봐. 너에게 주려고 이 찰떡도 갖고 왔는걸."

"피, 필요 없어요."

"저기 봐."

여자가 가리키는 곳은 하늘이었다. 언제 어두워졌는지 남청색 밤하늘에는 별자리가 수없이 빛나고 있었다.

"별을 좋아하세요?"

"……."

다시 그 여자를 보았지만 보이지 않았다. 주변을 둘러보아도 자신의 발밑에 있는 그림자만 발견했을 뿐이다. 왠지 자신의 그림자가 좀 전의 그 여자와 닮은 것처럼 느껴졌다.

"어디 가셨어요?"

발을 옮겼다. 우물 하나가 나타났다. 왠지 그 우물 속 깊이 무언가가 숨겨져 있을 것만 같아서 두려우면서도 궁금했다.

우물 안을 들여다보니 너울너울 일렁이는 물이 보였다. 그 위에 어른거리는 자신의 그림자도 일렁였다. 그 모습이 방금 그 여자와 똑같았다.

"거기 계세요?"

더 자세히 보려고 몸을 숙인 순간, 어깨에 낯선 체온이 닿았고 그대로 풍덩!

****

또다시!

시아의 꿈의 마지막은 항상 우물로 떨어졌다.

쿵!

물에 등이 닿은 순간, 강한 물살에 휩쓸려 온몸이 물에 젖어 들었고 순식간에 끝 모를 아래로 끌려가곤 했다.

한없이!

가라앉았다. 몸도, 마음도.

"……."

숨을 몰아쉬며 잠에서 깬 시아의 얼굴에는 눈물이 번들번들 흘렀다. 숱하게 꾼 꿈이지만 번번이 식은땀에 젖었고, 그 땀이 물인 줄 일고 소스라치며 깨곤 했다.

II. 혹부리와 낮도깨비

1.

****

저벅저벅.

시아는 오감을 총동원해 등 뒤의 기척을 살폈다. 대기에 실려 온 발소리 주인의 그림자에는 작은 혹이 달려있기 때문이었다. 바라에 온 지 한 달이 된 지금까지 그녀가 어디를 가도 혹부리 스토커가 나타났다.

"거기 서!"

무조건 삼십육계 줄행랑이었다. 달리고, 달리고, 또 달리다가 당도한 곳은 어느 어두운 골목길. 조심히 뒤돌아본 순간, 그 혹부리 남자의 번뜩이는 눈길과 마주치고 오한이 등줄기를 타고 내려갔다.

"왜 따라와요?"

"네가 좋다."

"전 싫어요. 아저씨!"

"아저씨!"

젊은 남자의 목소리였다.

"낮도깨비 같군."

혹부리 스토커가 떨떠름한 목소리로 말했다.

"아무리 그래도 그렇지! 사람을 앞에 두고 도깨비가 뭐예요?"

젊은 남자가 골목 안으로 오고 있었다. 힐끗 시아를 보던 남자의 눈에는 웃음이 감돌았다. 그 순간, 이상하게도 가슴이 따뜻해짐을 느꼈다.

"틀린 말도 아니잖아? 선생님들께서도 너를 두고 낮도깨비 같은 놈이라고 부르잖지 않아?"

"그럼요! 도깨비 '내', 힘 '력'이라고 할 정도로 도깨비는 사람을 홀리죠. 근데 아저씨, 어째서 저 여자분이 울고 있죠?"

"글쎄. 좋아서인가?"

"아닌 거 같은데요. 그렇죠? 데려다……."

"괜찮아요!"

시아는 남자들을 밀치고 골목을 빠져나왔다. 또 달렸다.

자신이 사는 집에 도착하자 잠시 멈추어 서서 방안을 둘러보았다. 방벽에는 어두운 그림자가 길게 드리워져 있었다. 지금 그녀의 마음을 닮은.

창문을 보았다. 뭇별이 모습을 드러내고 있었다. 밤하늘에 수놓인 별 중에서도 가장 밝게 빛나는 별, 북두칠성을 보노라니 어린 시절 이곳에서 본 중학생 소년의 호수처럼 맑던 눈이 떠올랐다.

시아는 자신의 가슴에 지그시 손을 올리고 눈을 감았다. 그 소년을 떠올리자 푸근한 기운이 가슴 가득 맴돌기 시작했고, 문득 확신처럼 가슴속에 차오르던 직감······.

"그 오빠야. 우유······."

2.

****

 다음 날 오전, 겨우 혹부리를 떼어내고 안도의 한숨을 내쉬었다. 다시 학교로 가는데, 얼굴에 땀이 흥건한 거 같아서 손거울을 보았다.

"어?"

 낮도깨비처럼 불쑥 거울 속에 나타난 얼굴 하나가 보이자 바르르 입술이 떨렸다. 슬며시 남자 쪽으로 거울을 비추었다. 그때부터 시아는 거울로 하염없이 그 남자를 들여다보았다. 아마도 자신은 열 살 때부터 저 사람을 기다려왔는지도 모른다.

 그런 시아의 마음도 모르고 그는 무심한 눈길 한 번 던지지 않고 그대로 걸음을 옮겼다. 그가 스쳐 지나간 순간, 봄바람이 남실남실 불었다. 시아는 거리에 서서 깊숙이 숨을 들이쉬었다. 괜스레 마음이 들뜨고, 발걸음이 빨라졌다. 어느덧 춘삼월 가절(佳節)이었다.

"나는 알아."

이 공기.

이 향기.

이 빛깔.

"카페?"

그를 따라간 곳에는 금빛 햇살이 쏟아졌다.

테이블 위에 놓인 아메리카노 잔을 두 손으로 감싸고서 통유리창을 통해 쏟아지던 아침 햇살을 주시했다. 그 햇살과 닮은 아름다운 피아노 선율이 흐르곤 해서 카페가 마음에 들었다.

피아노 선율 사이에 불쑥, 드르릉드르릉 불유쾌한 소리 하나가 더해졌다. 살짝 눈살을 찌푸리며 소리가 나는 곳을 보았다.

창가 끝자리에 그 오빠가 엎드려 있었다. 살짝 보이는 옆얼굴은 아직 잠이나 술에서 덜 깬 듯 조금 부었고 눈빛은 나른했다.

"아이스 아메리카노."

갑자기 번뜩 몸을 일으킨 그와 눈이 딱 마주치고 말았다. 그녀는 마치 비밀을 들킨 사람처럼 서둘러 시선을 피했다. 그런데도 그가 날카롭게 그녀를 의식하는 느낌이 들었다. 삐걱, 그가 움직이는 소리가 울렸다.

"저 알아요?"

피아노 선율과 섞여서 들리던 그의 말투는 아직 잠이 덜 깬 듯 약간 느릿했다. 놀라웠다. 아무리 봐도 그는 꿈에서 본 은무라는 자와 같은 모습이었다.

"예."

그녀가 그를 올려다본 순간, 금빛이 그의 얼굴 위로 내려앉았다. 그는 눈살을 살짝 찌푸린 채 쏟아지는 햇살 아래에 가만히 서 있었다. 향수 냄새가 은은하게 풍겼다.

"어떻게요?"

"꿈에서 봤어요."

"그래요?"

이 오빠, 조금 이상하다. 황당한 대답에도 전혀 동요하지 않았다. 게다가 오전 11시에 카페에 있고 잠인지 술에 취한 걸로 보아 착실한 회사원은 건 아닐 것 같았다. 두 눈에 어른거리던 빛과 어둠이 공존하는 눈빛도 독특했다. 어딘가 가벼우면서도 호수처럼 깊은 눈이 홀리듯이 그녀를 빨아들이고 있었다.

"그리고……."

"또 있어요?"

"정혼자이니까요."

"예?"

"할아버지들이 혼약하셔서……."

"제겐 그린 정혼자가 열 명은 될 걸요?"

"정말이요?"

"네. 그건 장난이에요."

"그렇겠죠?"

"그럼요! 그럼, 이만."

그는 잘 되었다는 듯이 고갤 끄덕이며 걸음을 옮겼다. 이내 곧 잘랑거리며 카페 문이 열렸고 춘삼월 바람도 따라 들어왔다.

왠지 그녀의 전신에 안도감이 퍼져갔다. 그러면서도 알 수 없는 아쉬움이 밀려와 한숨을 내쉬며 다시 창 쪽으로 시선을 주었다.

아름다운 향과 빛, 소리가 유리창을 뚫고 침투해 왔다. 그리고 그가 담배를 피우는 모습이 시야 가득히 담겼다. 또다시 알 수 없는 긴장감을 느꼈다.

 눈이 마주치자, 그의 맑은 눈동자에 웃음이 어른거렸다. 그 순간에도 스며들던 금빛 햇살 탓일까. 그의 두 눈에 반짝이는 윤기가 흐르는 것처럼 느껴졌다. 그런 그의 눈을 마주 보던 동안에 알 수 없는 현기증을 느끼고 그녀는 두 눈을 내리깔았다.

 울렁였다.

 심장의 모든 혈관이 장엄한 장밋빛이 되어 두둥, 두둥 그녀를 깨우는 것 같았다.

 탁, 책을 덮었다. 서둘러 가방을 챙기고 카페 밖으로 나갔다. 이유도 모른 채 알 수 없는 절박함으로 그를 따라잡으려고 애썼다.

 성큼성큼, 그는 빠르게 걸음을 옮겼고 작은 골목 쪽으로 들어갔다. 시아는 곧장 그에게 달려가 그의 소매를 잡았다.

 "아시잖아요!"

 "제 뜻은 아니죠."

 그 말을 남기며 그가 그녀의 손을 슬쩍 뿌리쳤다. 더 이상 따라

갈 수 없어서 그녀는 소리쳤다.

"같이 놀아주세요!"

"전 바쁩니다."

"전 외로워요!"

그의 걸음이 멈추었다.

"외로워요?"

"네."

"자기편을 만드세요."

"어떻게 만들어요?"

"스스로가 자기 편이 되어주세요."

"자기라니요?"

"자신을 믿고 스스로가 가장 듬직한 친구가 되는 거죠."

"모르겠어요."

그는 들릴락말락 아주 작은 한숨을 내쉰 후, 손을 뻗어 그녀의 손에 딱딱한 무언가를 쥐여주었다.

"이거 줄 테니 돌아가세요."

"싫어요."

"자기 편이 되는 건 자신을 존중하는 첫걸음이죠. 그러니까 또 이러면 혼낼 거예요!"

그가 사라졌다. 시아는 손바닥을 내려다보았다.

"초콜릿?"

다크한.

"써."

3.

****

덩 기덕 쿵.

쓴맛에 코를 찡긋거린 것과 동시에 장구 굿거리장단이 바람을 타고 그녀의 귓속으로 들어왔다.

전통음악에 문외한인 그녀였지만, 상당한 수준의 연주자가 만들어내는 소리임을 알 수 있었다. 가만히 귀를 기울이노라니 그 생명력 깃든 가락이 멈추었다. 깊은 정적이 내려앉았다.

덩 덩 덩.

바람이 불었고 그 바람을 타고 온 장구 소리가 깊은 정적을 깨트렸다. 멈출 듯 멈추지 않고 이어졌다. 마치 그녀를 부르듯 그리움 가득 싣고서.

─ 청천 하늘에 잔별도 많고…….

소리를 따라 공원 안으로 들어선 순간, 노랫소리가 울렸다. 공원 한중간에 고풍스러운 정자로 다가가던 시아의 눈길이 한곳을 향한 채 멈추었다. 한복을 곱게 차려입은 자그마한 체구의 할머니가 홀로 정자 위에 앉아 장구를 치고 노래도 부르고 있었다.

─ 우리네 가슴속엔 희망도 많네.

시아는 감동에 사로잡힌 눈빛이었고, 입술을 달싹거리며 할머니를 따라서 노래를 흥얼거렸다.

'잠깐. 내가 어떻게 이 곡을 알지?'

"오늘 바다가 험하다지?"

"그게 하루 이틀인가. 아무리 거센 파도도 한낱 거품이 되어 사라지는 거 알잖느냐."

구경하던 할아버지들이 말했다.

"허나 금세 또 다른 파도가 일지."

다른 할아버지가 대꾸하자, 그곳에 모여있던 어르신들이 고개를 끄덕이며 웃었다. 반면, 시아는 눈시울이 축축하게 젖어갔다.

"다 큰 처자가 왜 울고 난린가?"

노인들의 놀림에 시아는 슬그머니 눈시울을 닦으며 장구 치는 할머니에게 다가갔다. 가까이 갈수록 장구 소리는 알 수 없는 향수를 불러일으켰다. 무엇을, 누구를 향한 그리움인지도 모른 채 율동적으로 이어지는 그 가락에 빠져들었다.

점점 가슴이 쿵쿵 뛰었다.

"춤꾼이군."

"제가요?"

"춰보게나."

"무얼요?"

"이 가락에 맞춰 춤사위를 보여다오."

"제가 어떻게요?"

"이미 장단을 치고 있지 않느냐?"

자신도 모르게 무릎장단을 치며 추임새를 넣듯 몸을 흔들고 있었다. 마치 그 흥겨운 가락 사이사이에 끼어들고 싶어 하는 것 같았다.

"굼실굼실, 춤 한번 잘 추네. 어디서 배웠나?"

"배운 적 없어요."

"이건 대단하군! 배운 적 없단 말에 소름 들었네."

장구 할머니가 감탄의 눈으로 바라보았다. 장구의 느릿했던 장난이 섬섬 속노가 묻었다.

"자, 춤추어라."

시아의 볼이 빨갛게 물들었다. 사실 무대 공포증이 있던 시아였다. 유치원에 다닐 때부터 지금까지 무대 중앙에 선 것은 처음이었다. 공원의 한중간에 마련된 광장도 무대라는 생각에 이르자, 갑자기 긴장되기 시작했다. 하지만 다행스럽게도 시아의 관객은 할아버지들, 할머니들, 꼬마, 강아지가 전부였다.

주악 하는 할머니와 시아가 잠시 마주 보고 섰다. 그녀를 시험하듯 장구는 장중한 가락으로 변했다. 시아는 단 한 치의 머뭇거림도, 흔들림도 없이 너울거리며 팔과 발을 들었다.

혈관 하나하나, 세포 하나하나 펄쩍펄쩍 뛰고 있어 장구 장단에 맞추어 사뿐사뿐 춤출 수밖에 없었다.

'자유로워지고 싶어.'

머나먼 곳까지 울려 퍼지는 저 장구 장단처럼 자신도 저 하늘까지 날아가고 싶었다.

두려움이 사라지고 따스한 온기 같은 낯선 감정이 가슴 속에서 피어올랐다. 구름 위를 걷듯 감미로운 감정에 취해서 뱅그르르 몸을 들리던 시아가 순간, 멈칫했다. 신명 나는 장구 소리 사이에 낄낄대는 남자의 웃음소리가 들린 것 같았다.

시아는 당장이라도 울 것만 같은 표정으로 주변을 둘러보았다.

가장 먼저 보인 것은 푸른 나무들과 단아한 한옥이었다. 그 나무와 한옥 위로 햇살이 하얗게 부서지고 있었다. 왠지 눈시울이 시큰거려 살짝 고개를 올렸다. 그러자 모노 톤의 하늘과 흰 구름이 보였고 이 공원 둘레를 감싼 높고 큰 고층 아파트들이 보였다. 갑자기 현기증이 일었다.

"전 그만 갈게요."

서둘러 공원 밖으로 향하던 그녀의 뒤쪽에서 남자의 걸음 소리가 저벅저벅 따라왔다.

시아가 내달리기 시작했다.

[조미진]

고등학교 동창인데 우연히 원룸 옆 방에 살게 되어서 친해진 친구의 전화였다.

"어디야?"

"또 쫓아와!"

"그 스토커?"

"경찰서로 가야겠어."

"진정해! 일단 집에 돌아가서 숨 골라."

"알았어. 집에 다 왔어."

집으로 가자마자 미진과의 통화를 종료하고 이불을 머리끝까지 덮어썼다. 덜덜덜, 전신이 떨리고 있다. 그러다 눈물범벅이 되어 잠에 빠져들었다.

오늘은 또 어떤 꿈을 꿀까.

잠든 지 오래되지 않아 전화벨이 울렸다.

4.

****

 같은 과 동기 이수영이 내일 제출할 과제에 문제가 생겼다고 불렀다. 집을 나오자, 습기 찬 초저녁의 대기가 느껴졌다. 잠시 계단 난간을 잡고 멈추어 서서 깊은 숨을 들이마셨다.

"진시아."

 갑작스레 커다란 손에 팔목을 붙잡히고 몸이 휘청거렸다. 술 냄새를 확 풍기던 혹부리는 막무가내로 시아의 손목을 잡아당기며 으슥한 곳으로 끌고 갔다.

 그곳은 어둑한 골목 구석으로 한 사람밖에 다니지 못할 만치 좁아서 그저 혹부리를 피해 막다른 곳으로 뒷걸음칠 수밖에 없었다. 더는 물러설 곳이 없어지고 쿵 벽에 등이 부딪힌 순간, 혹부리가 그녀를 부둥켰다. 미끈거리는 뱀에게 닿은 것처럼 소름 끼쳤다.

"놓으세요!"

혹부리를 밀치며 뛰어나왔을 때, 달이 보였다. 도망치고 싶었다. 할 수 있다면 저 달까지라도!

달렸다.

경찰서 앞에 멈추어 뒤를 돌아보았다. 더는 혹부리가 보이지 않았다. 경찰서 앞을 서성이던 시아는 어둠에 감싸인 경찰서를 바라보기만 할 뿐 안으로 선뜻 가지 못했다.

"정말 할아버지께서 빚을 졌을까?"

근데 요새 할아버지 건강이 좋지 못했다. 병원비 때문에 얼마 안 남은 땅마지기를 판 걸로 보아 형편도 그리 넉넉지 않아 보였다. 시아는 경찰서 담벼락에 몸을 기대며 긴 한숨을 내쉬었다.

"들어가자. 근데……."

그 자리에 주르륵 미끄러져 앉았다.

"할아버지, 할머니께 어떻게 말을 꺼내야 하지?"

아직 시아가 스토킹 당한다는 사실을 까맣게 모르시는데……. 그리도 사람들을 조심해야 한다고 신신당부하셨는데……. 다른

이도 아니고 자기 제자가 스토킹 한다는 건 할아버지에게 용납할 수 없는 일일 텐데…….

"어떻게 알릴 수 있지?"

그녀의 눈시울이 붉게 물들어갔다.

"죽어도 싫지만, 죽도록 싫으니……."

힘없이 무릎에 얼굴을 깊숙이 파묻고 흐느꼈다. 오열하는 그녀를 행인들이 힐끗 쳐다보곤 했다.

얼마나 울었을까? 어느 순간, 행인들의 발길이 끊겼고 차도에도 자동차 한 대도 지나지 않았다.

정적.

순간, 세상에 혼자인 듯한 외로움을 느꼈다. 그런데 이상하다. 따뜻하다.

그 정체를 찾으려고 주변을 둘러보다가 문뜩, 하늘을 보았다.

달이 떠 있었다. 하얗게 쏟아지던 달빛이 마치 부적처럼 따스했다.

시아는 자리에서 일어섰다. 그때 문뜩, 보인 하얀 동상 하나. 그제야 도로 맞은편에 자리한 커다란 건물이 성당임을 알 수 있었다. 마리아 동상 또한 한없이 자애롭게 느껴졌다. 그리고 이상하게도 그 순간 떠오르던 얼굴 하나,

우유호.

다시 집으로 향했다. 빌라 정문을 피해 후문으로 발을 내디뎠다. 공동현관으로 향하다가 무심결에 옆으로 길게 드리워진 그림자를 밟고 섰다. 그러자 그림자가 뒤돌아본다.

그림자에 볼록 솟아오른 작은 혹이 있었다.

하늘을 보았다. 푸르스름한 저녁 하늘에 흐릿한 달이 떠 있다. 시아는 거리를 내달렸다. 어찌나 황급하게 달렸던지 좀 전부터 친구 미진이 따라온 것조차 몰랐다.

"시아야, 시아야!"

한번 뒤돌아보지도 않고 바다 쪽으로 달려갔다. 모래 더미를 보지 못하고 철퍽 넘어지고도 다시 일어서 내달렸다. 순식간에 해변을 지나 먹처럼 검은 거북바위 기슭으로 다가갔다.

"진시아!"

바로 앞에서 집채처럼 큰 파도가 일어났지만, 시아는 눈 한 번

깜박이지 않고 바다 너머로 시선을 던졌다. 그 대담한 모습이 사람들의 가슴을 서늘하게 만들었다.

"조심하세요!"

시아가 눈 깜짝할 사이에 사라졌다.

이 위험한 장면을 발견한 한 남자가 바위 위로 전력으로 달려갔다. 시아가 바다 쪽으로 깊숙이 몸을 숙이려고 했다. 남자가 달려가 팔을 잡고 돌려세웠다.

"안 돼요! 위험해요!"

"왜 여기 있어요?"

"아, 전 지장이 근처예요. 왜 그래요?"

"화가 나서요."

가만 보니 그녀의 옆에는 삭은 돌이 수북이 쌓여 있었다. 풍낭, 돌멩이 하나를 바닷물로 던졌다.

"세상이 달라 보여서요."

바다를 향한 시아의 눈에는 깊은 원망이 담겨있었다.

"어째서요?"

그녀는 그의 물음에 답하지 않았다.

"화난다고 이런 위험한 행동을 해선 안 되죠."

자꾸 캐묻는 그가 귀찮았는지 시아는 아예 그를 등지고 앉아서 다시 돌을 들었다.

"용왕님께서 화내실까요?"

"설마 그만한 일로 화내겠어요."

"다행이네요. 고마워요."

"천만에요."

다시 풍당, 바다로 던진 돌멩이는 작은 파문조차 일으키지 못하고 흔적도 없이 사라졌다. 시아는 하늘을 올려다보았다. 이날따라 구름 한 점 없는 맑은 하늘이다. 더 이상 달이 보이지 않았다.

"날씨 좋네요."

"좋긴 하네요."

그리 말하는 시아의 눈에는 눈물이 타고 내려오고 있었다. 그는 묵묵히 시아가 안정될 때까지 모르는 척 기다려주었다.

"그만 갈까요?"

"네."

바위 아래로 내려가니 미진이 다가와 팔짱을 꼈다. 시아가 다시 눈길을 줬을 때, 그는 이미 동행인 남자 무리와 해변 밖으로 가고 있었다.

"요즘 통 잠이 안 와."

"처방 받아 놓은 수면제 있지? 오늘은 많이 먹고 푹 자."

습기와 소금기를 머금은 바람이 불어왔다. 바닷가 도시의 습한 밤공기가 기댈 곳 없는 그녀의 마음을 더 갑갑하게 하였고, 갇혀 있는 느낌이 들게 했다.

집에 들어가고부터 협소한 방이 못 견디게 갑갑하게 느껴졌다. 어디를 가도 습기 찬 공기가 따라오는 것 같았다. 게다가 저 바다에서 흘러온 아련한 파도 소리가 귓가에 맴돌았다. 그날따라 저 파도 소리도, 이 눅눅한 공기도 못 견디게 싫었다.

저벅.

길거리에서 들리는 걸음 소리에 창밖을 보았다. 검은 복장의 남자가 서 있었다. 그 아래로 드리워진 긴 그림자를 물끄러미 보았다. 혹이 있다. 못 박히듯 한참 동안 꼼짝하지 못하고 그 그림자를 보았다. 점점 그녀의 눈시울이 붉어지더니 눈물이 뺨을 타고 내려왔다. 서둘러 창문을 닫고 커튼을 쳤다.

저벅저벅.

또 걸음 소리가 울렸다. 심장이 쿵, 하고 내려앉았다. 호흡이 가파르게 요동쳤다. 점점 공포가 커져 심장이 쿵, 쿵, 쿵 날뛰었다.

"괜찮아. 아냐…… 실은 하나도 괜찮지 않아.""

한숨 섞인 작은 말소리가 밤공기에 섞인 것과 동시에 찰싹, 매서운 소리가 울렸다. 손바닥으로 자기의 가슴을 때렸다. 화가 났다. 주먹을 꽉 쥐고 허벅지를 내리쳤다. 몇 번 내리친 후, 손을 놓자, 보랏빛으로 물든 멍이 보였다. 그런데도 시아는 계속해서 자기의 허벅지를 내리쳤다. 보랏빛 멍은 사라지지 않고 점점 짙어졌다. 그 짙어지는 색처럼 시아의 마음도 멍들어갔다.

"……"

간간이 한숨이 새어 나왔다. 그 한숨 소리마저 사그라지고 고요해지자, 서랍장에서 수면제를 꺼내서 침대 위에 앉았다.

"차다."

이불 속으로 들어갔다. 약간의 온기가 감돌았고 좋은 향기가 묻어있다. 그 향기는 화장품 향과도 다르고 값비싼 향수의 냄새와도 다르다. 이 향기는 뽀얀 아이처럼 연한 것 같기도 하고, 발그레한 꽃향기처럼 짙은 것 같기도 하다. 언젠가 시아의 엄마가 말해준 적 있다. 달빛을 타고 내려오는 하얀 토끼의 향기라고.

사실 시아는 이미 그런 이야기가 다 거짓임을 알 나이였지만, 그 날은 그런 날이었다. 지푸라기도 잡고 싶은 날.

약통을 열어서 약을 모조리 입에 넣었다. 이불 속으로 파고들어 엄마가 만들어준 낡은 토끼 인형의 애틋한 온기를 느꼈다. 그렇게 밤이 흐를 것이다.

****

띵동, 띵동, 띵동. 시아의 얼굴이 공포로 하얗게 질렸다. 이불을 머리끝까지 덮어썼다.

"시아야, 아직 안 자니?"

할아버지?

"……"

"왜 연락이 안 돼? 어제 네 꿈을 꾸었는데……"

할머니?

"……"

비번을 누르고 집으로 들어온 할아버지는 웅크리고 있는 시아를 보았다. 어둑한 조명에 비친 시아의 얼굴에 온통 눈물 자국이 있다는 걸 알게 되었다. 그리고 시아의 얼굴이 하얗다는 것도 알게 되었다.

"안 돼!"

바닥에 뒹구는 약통을 보고 할머니가 비명을 질렀다. 그 고함에 시아의 큰 눈이 더 커졌고, 황급히 입안에 든 약을 마저 삼키려고 했다.

"뱉아! 제발!"

할아버지가 달려와 입안으로 손가락을 집어넣었다. 약은 모두

게웠지만, 그 길에 바로 응급실로 가게 되었다.

III. 회색 문 너머에는

1.

****

덜커덩,

자물쇠가 열리는 날 선 소리에 놀라 깨어났다. 갈색 인조 가죽 매트가 깔린 침대에서 내려오자, 서둘러 간호사가 다가와 그녀가 환자복으로 갈아입게 도왔다. 아주 다정하고 능숙하게, 그녀가 궁금해할 타이밍도 주지 않았다.

4인실 병실로 안내되었다. 나이도, 성격도, 병명도 다 다른 세 명이 그녀를 조용히 주시했다. 그녀는 모르는 체하며 흰색 벽이나 단조로운 느낌의 철제 침대를 둘러보았다. 침대 끝부분의 글자가 낯익다.

[진시아, 20세]

"개인용품은 여기에 있어요. 혹시 하고 싶은 말이 있으면 여기에 적으세요."

간호사가 베이지색 노트를 내밀자, 시아는 그 노트가 소중한 일기장이라도 된다는 듯이 두 손으로 꼭 쥐었다.

"소지품은 여기에 다 있어요."

낯익은 세안제, 비누, 목욕용품, 기초화장품이 보였다. 간호사가 서랍도 열어서 보여주었다. 전혀 그녀의 취향이 아닌 핑크빛 속옷들.

"이건 제 것이 아니에요."

"가족분들이 가져온걸요?"

할머니의 취향이 분명하긴 했다. 간호사가 가고 나자, 아무 할 일도 없었다. 침대 위로 올라가서 벽을 보았다.

하얗다.

"산책하러 갈래요?"

한 여자애가 다가와 말을 건넸다.

"전 예은라고 하고 열여덟 살이에요. 언니는요?"

"시아예요."

"따라오세요."

여자애가 친근하게 굴며 팔짱을 끼자, 그녀는 슬그머니 팔을 빼냈다. 여자애가 불쾌하다는 듯이 시아의 얼굴을 빤히 보았다.

"화장실은 어디예요?"

"복도 끝이에요. 나중에 저하고 같이 샤워할래요?"

"왜 같이해요?"

"이곳에선 혼자서 샤워 못 해요. 2인 1조로 같이 샤워실에 들어가서 하거든요."

시아는 걸음을 멈추고 눈살을 찌푸렸다.

"자해 같은 거 할까 봐 그런대요. 책이나 잡지 좋아해요?"

"별로."

"운동은요?"

"그것도."

"별로여도 하게 될 거예요."

"왜요?"

"저길 봐요."

러닝 머신, 실내 자전거 같은 간단한 운동기구 몇 개에 환자들이 줄 서 있었다. 무척이나 단조로운 표정이었다.

"책은 저기에 있어요."

우리나라를 대표하는 유명한 작가들의 소설책이나 에세이가 대부분이었고, 실내장식 관련 잡지가 꽂힌 책장도 있었다.

"이리로."

여자애가 커다란 거울 앞에 섰다. 그때 시아는 거울에 비친 창백한 모습을 한 여자를 보았다. 그 여자가 너무 낯설어 거울에 바짝 붙어 찬찬히 보았다.

'울고 있어.'

그 슬픔이 그렁그렁한 자기 모습을 보기가 힘겨워 고개를 돌렸다.

"저긴 왜 닫혔죠?"

닫힌 저 흰 문 너머에는 무엇이 있을까? 저 흰 문 안에는 또 무엇이 갇혀 있을까?

"언니, 제 말 잘 들으세요!"

"예?"

"키 크고 잘생긴 선생님은 제가 찍었으니까 좋아하면 안 돼요."

"그래요? 그런데 여기 끝은 어디예요?"

"저기요."

여자애가 가리키는 곳을 보자 커다란 쇠창살과 꾹 닫힌 회색 문이 보였다. 그 앞에는 갈색 나무 의자에 앉아서 그녀들을 주시하는 거구의 남자가 있었다.

"잭과 콩나무의 거인과 닮았죠?"

"해태와 더 닮았어요."

"그게 뭔데요?"

"선악을 판단하여 알 수 있고 나쁜 자를 물어뜯는다는 상상의 동물이죠."

"거인이든 해태든 뭐든 저기로 가면 혼나니까 근처에도 가지 마세요."

시아는 여자애와 걸어온 복도의 끝에서 끝까지 번갈아 보았다. 허락된 자유의 길이는 짧았다.

****

대체 저 회색 문 너머에 무엇이 있을까?

그 후로 매일매일 그 복도 끝에서 끝을 걸으며 닫힌 문을 바라보았지만, 회색도, 흰색도 열리지 않았다.

짧디짧은 허락된 거리와 달리 허락된 시간은 길고 길었다. 아침을 먹고, 점심을 먹고, 저녁을 먹으며 중간중간 약도 먹고, 간식도 먹어도 이곳의 시간은 끝도 없이 길게 늘어져 있었다. 그런 이유로 이 한적한 보호 병동에서는 모든 것이 구경거리였다. 누구든 이런 심심한 곳에 살면 사사로운 구경거리도 놓치지 않으려 애쓰게 될 것이다.

시아는 회색 문을 지키는 해태가 무서워 흰 문과 정면에 있는 테이블에 앉아 있곤 했다.

마치 무언가를 기다리는 사람처럼 그 앞을 지켰다. 대체 무엇을 기다릴까, 자신은.

"이곳은 어때요?"

갑작스럽게 들린 남자 목소리는 약간 낮게 잠겨 있었다. 그녀는 말소리의 주인은 쳐다보지도 않은 채 볼펜을 놓으며 노트도 덮었다.

"더 안 쓰세요?"

이곳 사람들은 심심하여 온갖 참견을 하곤 했다. 시아는 고개를 저으며 일어서서 이곳에서 유일한 창가로 갔다.

거기에도 어김없이 쇠창살이 설치되어 있다. 그런데도 이곳은 특별했다.

창문 틈새로 공기가 파고들었다. 비록 만질 수는 없지만, 그 자유로운 공기가 마음 안을 스치면 외부 세상에 놓고 온 따스한 것들이 떠올랐다.

"그게 뭐였지?"

어느 밤, 경찰서 화단에서 본 달님……. 그리고…….

많은 걸 놓고 온 거 같은데 선뜻 떠오르지 않았다. 시아는 다시 맑은 공기를 깊이 마셨다. 그러자 떠오르는 남자의 얼굴 하나.

왜 지금 생각나지?

앙상한 나무가 바람에 흔들렸다. 거의 모든 잎새가 떨어지고 한 두 개 달랑거리며 남아있는 나뭇가지가 보였다.

"저 마지막 잎이 떨어지면……."

"무슨 말이죠?"

"퇴원할 수 있을까요?"

"그건 교수님이 정하겠죠."

"나가고 싶어요."

이대로 오랫동안 바깥세상을 구경하지 못할지도 모른다는 생각이 들어 갑갑했다.

"저기 보세요."

남자가 가리키는 쪽으로 시선을 옮기자 성모 마리아상 위로 촉촉한 비가 내리는 모습이 보였다.

그 풍경은 눈부시도록 하얗고 고요했다.

"포근하게 보여요."

시아는 다시 바닥으로 시선을 주며 발치에 드리워진 낯선 그림자에 슬쩍 보았다. 그 그림자는 다른 사람들의 그림자와 달랐다. 아주 선명했고, 까맸고, 가운을 입고 있다.

"선생님!"

저 멀리서 예은이 소리치며 달려오고 있었다.

"선생님, 선생님……."

가운을 입은 그 까만 그림자는 갑자기 서둘러 걸음을 옮겼다. 그가 발걸음을 옮길 때마다 쿵쿵 뛰어오는 발소리가 울렸다. 시아는 그림자 주인의 발을 응시하다가 조심스레 시선을 올려봤다. 무심결에 곁눈으로 본 그 그림자 주인의 손은 컸다.

"언니, 경고했죠!"

또다시 예은의 목소리가 울렸다. 어찌나 컸던지 귀가 따가울 지경이었다.

여자애가 확 밀치고 노려봤다. 시아는 신음하며 바닥에 주저앉고 말았다.

"으……."

터져 나오려는 신음을 꾹 참으며 바닥만 내려보노라니 아까 남자의 그림자가 멈추어 서서 옆으로 드리워진 시아의 그림자를 밟고 섰다.

심장이 요동쳤다. 왠지 모를 셀렌 직감이 가슴 가득 채워졌고, 큼지막한 시원한 손이 팔을 붙잡아주었다.

"거봐, 난 언니가 이럴 줄 알았어."

"……."

천천히 고개를 들어 그의 얼굴을 올려다보려 하자 뜨거운 온기가 담담하게 거둬졌다.

"……."

묻고 싶은 말이 그녀의 머리를 맴돌았으나 곧 잊어버렸다. 밤마다 꿈을 꾸었고 만나길 바랐지만, 막상 이런 곳에서 이리 마주치니 그 자리에서 머릿속이 하얗게 되고 말았다. 어느새 그는 흰 문으로 가버렸다. 그러자 할아버지들, 소년과 함께 오르던 산이 그리워지기 시작했다.

그곳의 향은 나무 내음.

그곳의 빛은 금빛 달빛.

그곳의 소리는 고요.

그리고 그곳의 마음은 안도.

"선생님, 저는 달까지 가고 싶어요!"

그가 걸음을 멈추었다.

"왜요?"

"그곳에는 엄마, 아빠와 잃어버린 '나'도 있을 테니까."

"잃었어요?"

"네. 저는 '나'를 모르겠어요."

시아는 한숨을 내쉬며 고개를 숙였다.

"하나……. 둘……. 셋……."

"예?"

"넷……. 다섯, 여섯, 일곱. 역시 진시아 씨군요."

"예?"

"병실로 가세요.""

시아는 조용히 자리에서 벗어나서 병실로 걸음을 옮겼다.

2.

****

[자유롭고 싶어]

그간의 기억을 더듬으며 다시 보호 병동의 새하얀 문 앞으로 갔다. 두 시간쯤 기다리자, 그 문이 열리고 우유호가 나타났다.

그 언젠가 카페에서처럼 보호 병동의 단 하나 있는 작은 창문으로 금빛 햇살이 쏟아졌다. 눈이 부셔 질끈 눈을 감았다. 그러자 눈 안 가득 빨간빛 몽롱한 현기증이 올라왔다. 다시 눈을 뜬 그때, 다가오는 그의 그림자가 눈에 보였다.

흥분인지, 두려움인지 그의 걸음에 발맞추어 시아의 심장도 떨렸다. 그는 시아가 서 있는 쪽으로 다시 뚜벅뚜벅 오고 있었다. 그 큰 그림자가 시아가 있던 곳 앞에서 섰다.

"그 땅에 뭐가 있죠?"

시아는 동작을 멈추고 가만히 바닥을 가리켰다. 그 바닥에는 여러 그림자가 나부끼고 있었다.

"손에 잡히지도 않고, 시시각각 사라지는 그림자 따위 보아 무엇 하죠?"

"예쁘지 않나요?"

"예쁘긴 하군요."

시아는 땅에 드리어진 그의 그림자 위로 손을 올렸다. 그녀의 손은 가볍게 떨리고 있었고, 긴 속눈썹이 눈 밑으로 그늘져 내려앉아 있다. 그는 그런 그녀를 물끄러미 보고 있었다. 왠지 그녀는 입술이 바짝 타는 것 같았다.

"선생님도 좋아하세요?"

"그림자라 ……. 좋아하려 노력하지요. 근데 거긴 또 왜 그래요?"

그녀의 새하얀 손등에는 세 가닥의 손톱자국이 나 있었다.

"다투다 생겼어요."

"누구와?"

"김예은. 그보다 선생님, 궁금한 게 있어요."

"뭐죠?"

"이것이 본성일까요, 저것이 본성일까요."

"그림자."

"왜요?"

"다 망하여 모두 떠나도 그림자만은 마지막까지 남아 벗이 되어주겠지요."

"신기하네요. 그 말, 우리 할아버지께서도 하셨어요."
"그럴 수도 있죠. 저희 조상님이 한 명언이거든요."

"대단하네요."

"언니!"

예은이 매운 눈을 하고 쏘아보고 있었다.

"제가 경고했죠? 우유호 선생님은 제가 찍었다고요! 또 손톱자국 나고 싶어요?"

예은은 시아에게 소리를 꽥 질렀다.

"나도 좋아해!"

시아가 소리치자, 예은은 화가 나서 가버렸다. 그는 황당한 표정이었다. 당황하긴 시아도 마찬가지라 아무 말이나 던질 수밖에 없었다.

"혹시 우은무란 이름 알아요?"

"그건……. 또……. 대체 어떻게……."

"닮았어요. 선생님과."

시아가 말했으나 선생님은 아무 답 없이 회색 문 너머로 멀어져 갔다. 저 큰 회색 문 너머에는 무엇이 있을까? 더는 그가 보이지 않자 시아는 작게 한숨을 내쉬었다.

매일매일 저 문을 바라보지만, 그 너머에 무엇이 있고, 누가 있을지는 상상되지 않았다. 그렇기에 저 회색 문 너머에 무엇이 있는지 궁금하게 만들 것이다.

결국은 자신이 저 닫힌 문을 열고 그 너머로 가볼 것이다. 그러다 보면 찾을 수 있을 것이다. 잘생긴 은무, 그리고 꼭꼭 숨은 그림자.

3.

****

"나는 알아."

이 공기.

이 향기.

이 빛깔.

그리고 이 순간.

남실남실 바람에 롱스커트가 나부꼈다.

그날의 빛은 무섭도록 선명했다. 저 건너 멀리 가는 구름의 색깔도, 저 하늘 위 새의 깃털도, 벤치에 앉아 있는 그의 표정도 선명히 보일 정도로 밝았다.

"선생님!"

그녀를 본 그는 얼굴이 새빨개졌다. 화가 난 사람처럼 입을 꾹 다물고 뚫어지라 앞만 쏘아보았다. 퇴원 후, 몇 개월 만에 보았는데도 우유호는 조금도 반가워하지 않았다.

"따라온 거 아니에요."

"그럼, 왜 여기에 있죠?"

"몰라요. 그런데……."

일순간 바람도 정지한 듯한 순간이 잠깐 왔다. 믿기지 않게도 시아가 그의 오른쪽 소매 사이로 손을 집어넣고 있었다.

"개미가……."

그녀는 손을 거두며 자신의 손을 내밀었다. 까만 개미 한 마리가 마치 작은 점처럼 살갗에 찰싹 달라붙어 그녀의 손등을 타고 움직였다.

"거기도……."

왼쪽 손목에도 개미 한 마리가 붙어있었다. 그녀가 그의 손목에 손을 올렸다.

"개미 따위……."

그는 그녀의 손을 뿌리치며 개미를 입으로 후 불어버렸다. 개미는 질기게도 달라붙어 떨어질 기미가 안 보였고 소매 안까지 기어 갔다. 그는 그깟 개미 따윈 놔두고 다시 그녀를 쏘아보았다.

[조미진]

시아의 전화기가 울렸다. 별로 전화를 받고 싶지 않았지만, 친구가 걱정하고 기다릴 것을 알기에 전화를 받았다.

"어디 있어?"

"B 아파트 뒷산 근처."

"조심히 다녀."

"고마워."

가로수를 지나 그가 가는 B 아파트 안으로 따라 들어갔다. 그가 어찌나 빨리 걸었는지 이미 사라지고 안 보였다. 아파트 옆으로 작은 언덕과 이어진 숲이 있었다. 숲 안에 큰 돌탑이 있었다.

"이리 간곡히 비나이다. 혹부리를 벌주세요. 이왕이면 죽어버렸으면……."

바위 기슭으로 다가가 작은 돌 하나를 집어서 돌탑 위에 올렸다.

"뭘 빌었지?"

무심결에 말소리 쪽으로 고개를 돌리려다가 땅 아래에 드리워진 그림자를 보고 사색이 되었다. 작은 혹을 발견하자마자 아스스한 한기가 온몸을 덮쳤다.

뒤도 돌아보지 않고 달렸다.

저 혹부리 스토커가 어딜 가든지 나타났다. 그 사실이 무력감을 느끼게 했다.

"어디로 가야 하죠?"

무작정 달렸다.

"어디로 가야 하나요? 어디로……."

하늘을 보았지만, 달마저 보이지 않는 더없이 어두운 순간이었다.

어두운 숲속이 나타났다. 그다지 두렵진 않았다. 왜냐하면 시아는 저 어둠보다 깊은 슬픔에 잠겨있었다. 저 숲속보다 어두운 공포

속에 빠져 있었다.

"윽!"

혹부리가 부지불식간에 어깨를 잡고 위압적으로 나무 쪽으로 밀었다. 그녀가 버둥거리며 빠져나오려 하자 허리를 잡아당겨 바닥에 눕혔고 몸 위로 올라왔다. 숨통을 조이며…….

"노, 놓아주세요!"

팔다리가 얼어붙어 버린 듯 꼼짝하지 못한 채 B 아파트 쪽만 보고 있던 때, 성큼성큼 숨죽인 발소리를 들었다.

"사, 살려……."

혹부리가 그녀의 입을 막았다. 입이 막힌 채 그녀는 휘둥그레진 눈으로 혹부리의 눈이 번뜩이는 모습을 보았다. 보고 싶지 않아서 고개를 돌려버렸다. 그때, 선명하고, 강렬한 낯익은 그림자가 멀리서 어른거렸다.

"서, 선생님!"

일어서고 싶은데 혹부리에게 붙들린 채 꼼짝도 하지 못했다. 우유호는 뒤 한 번 돌아보지 않고 지나가 버렸다.

기어코 단 한 번 뒤돌아보지 않았다. 무엇이 그리 바빠서……. 멀어져간다. 대신 혹부리가 다가와 그녀 얼굴 쪽으로 고개를 숙였다.

"선생님…의…."

목소리가 새어 나왔다. 그 순간, 그녀의 팔을 잡은 혹부리의 손이 서늘하게 느껴졌다.

"선생님? 그 남자가 누구든 그림자마저도 없애주마."

고개를 젓는 시아의 얼굴에는 두려움이 가득했다. 치마를 들쳐 올리는데도, 덫에 걸려든 작은 짐승처럼 공포에 차 자신의 눈앞으로 가까워져 오는 혹부리에 비명조차 지르지 못했고, 벗어나고 싶어도 손가락 하나 움직일 수 없었다.

"싫어!"

젖 먹던 힘까지 내어 무겁디무거운 혹부리의 몸을 밀쳐내고 힘겹게 상체를 일으켰다. 그때, 손에 차가운 무언가가 닿았다. 무언지도 모른 채 집어 들고 혹부리 스토커의 머리를 내리쳤다.

"네가……."

와장창, 소리가 크게 울렸다.

"소름 끼쳐!"

혹부리의 눈이 천천히 감겼다. 쥐 죽은 듯 잠잠해졌다. 그녀가 어깨를 툭 밀치자, 혹부리는 힘없이 털썩하고 바닥으로 엎어졌다. 비릿한 피 냄새가 진동했다. 바닥은 혹부리의 검붉은 피로 물들어 갔다. 시아는 자기 손을 내려 보았다. 벽돌이 쥐어있었다.

보고 싶지 않다.

멀리서 사이렌 소리가 울렸다. 그 소리에 자신이 지은 죄의 무게가 새삼 다가왔다. 멀리서 들려오는 말소리와 발소리도 점점 가까워지고 있었다. 자신을 잡는다고 오는 것만 같다. 자신이 얼마나 무시무시한 일을 저질렀는지 깨닫고 그녀는 달리기 시작했다.

"어둠, 어둠, 어둠……."

무작정 어둠을 찾아 길을 헤맸다. 어느 순간, 빛과 어둠이 교차하고, 분위기가 급변했다. 그곳에는 짙은 그늘이 져 있고 아까의 소란이 믿기지 않을 정도로 조용했다. 다만, 어디선가 울음소리가 들렸다. 마치 그녀를 부르듯이.

그 소리에 이끌린 듯, 한 발 한 발걸음을 옮겼다. 불현듯 갑자기 팔에 소름이 돋았고 눈시울이 시큰했다.

우물이 있었다. 꿈에서 본 것과 똑같았다.

가까이 다가갈수록 점이 있는 목 부위가 차가워지다가 통증이 일었다. 우물의 저 울음 같은 울림도 점점 더 크게 들렸다. 마치 풀어달라고 소리치는 것처럼…….

4.

****

무엇이 숨어있을까? 고개를 숙여 우물 안을 내려다보았다.

우물 속 깊디깊은 어둠 속에서 출렁이는 물이 보였다. 그 물속 깊이 드리워진 그림자도 보였다. 뒤틀리고 험악하며 어두웠다. 정말 자신의 그림자가 맞는지 궁금했다.

성큼성큼, 발걸음 소리가 들렸다. 온몸이 뻣뻣해졌다.

"진시아 씨."

목소리를 따라서 고개를 돌린 순간, 온통 달빛에 에워싸여 있었다, 낮도깨비처럼 불쑥 나타난 우유호가……. 그녀에게 손을 내밀었다.

"죽였어요, 스토커를."

"살았어요. 사람이 쉽게 죽진 않죠."

"살인자가 되었어요."

"어떻게 이토록 예쁜 살인자가 다 있죠? 갑시다."

"어디로요?"

"일단 따뜻한 커피 한잔하고……."

"가고 싶어요."

"이리 오세요."

그 손을 잡으려던 순간, 또 저벅저벅 소리가 울렸다.

"그래도 가기 싫어요!"

"왜요?"

"무서워요!"

"저를 믿으세요!"

"저 달까지 도망가고 싶어요!"

그의 얼굴 뒤로 보이는 밤하늘은 색칠한 것처럼 깜깜했다. 오로지 일곱 개의 별만이 파랗게 빛을 발하고 있었다.

"진시아 씨!"

목 부위가 얼어붙은 얼음처럼 차가웠다. 일곱 개의 점이 있는 부위를 손으로 짚다가 균형을 잃었다. 그대로 풍덩, 우물 안 깊숙이 떨어졌다. 바닥이 아주 멀게 느껴지던 그때였다. 강한 물살에 휩쓸려 온몸이 물에 젖었고 순식간에 끝 모를 아래로 끌려갔다.

한없이!

IV. 그 누가

1.

****

 혼자다. 눈을 뜨니 어두운 바다 한가운데에 홀로 있다. 그 끝없이 드넓은 바다에서 혼자였다.

 "어디로 가야 하나요?"

 아무리 둘러보아도 온통 물과 어둠뿐이었다. 세상 한가운데에 홀로 있는 듯한 고독감을 느꼈다.

 눈물 머금은 눈으로 하늘을 보았다. 그때, 한 줄기 빛을 찾았다. 먹구름이 물러가고 구름 속에 숨어있던 흐릿한 초승달이 모습을 드러내고 있었다.

 - 달을 보아라. 그러면 아무리 어두워도 길을 잃지 않을 거다.

 문득 할아버지의 말이 떠올랐다. 오로지 작은 달빛만 보며 헤엄쳤다.

 "조금만 더……. 조금만 더……."

자꾸만 제 몸 하나 가누기가 어려웠고 무거운 물살에 갇혀 좀체 앞으로 나아가지 못했다.

멈춘 채 가만히 있었다. 하늘도, 바다도 고요하다. 아까부터 바닷물이 따스하게 느껴지는 건 착각일까. 파도가 자자해지고 눈처럼 하얀 거품이 일었다.

아마도 지금 용궁 가는 길인가 보다. 물 아래 신비경이 펼쳐진다. 알록달록 고기떼가 눈앞을 지나간다. 바다 거품 속으로 몸이 빨려 들어가고 있었다. 아래로, 아래로 빠져들수록 고요해졌고, 그 자기 심장 고동 소리마저도 작아졌다.

고요함이 깃든 바다의 물거품 속에서 불쑥 거대한 거북 한 마리가 나타나더니 무심한 표정으로 시아의 눈앞을 가로질러 갔다. 그녀는 가만히 지켜보다가 거북의 딱딱한 등껍질을 잡아챘다. 거북은 시아가 등 위에 올라타도 끄덕 않고 그녀를 데리고 유유히 헤엄쳐간다. 안심되어서인가. 자꾸만 눈꺼풀이 무겁게 감기려 했다.

거북은 다시 물 밖으로 올라갔다. 그와 동시에 귀를 먹먹하게 하는 파도의 철썩거림과 사람 말소리처럼 들리는 울림이 들렸다.

– 놓으라, 놓으라, 놓으라.

천 년 묵은 거북의 쉰 목소리는 공원 할아버지들의 목소리와 닮았다. 여기는 용궁이다. 그러하니 천 년 묵은 거북을 만나도 이상한 것도 없다.

- 그러하면 살 것이고, 잡으려 하면 죽을 것이외다.

그리 말하며 자꾸 내빼려고 했다.

"이 내가 거북 따위를 믿을 것 같아? 놓으면 도망갈 거지?"

- 거참! 속고만 살았나.

"참이야?"

- 참이다. 다 놓아라.

가족도, 친구도, 추억도, 사랑도 다?

"놓기만 하면 살 수 있어?"

- 이 푸른 물에 모든 미련을 씻고 놓으면 인제 그만 달 가시외다.

믿어버렸다. 그래서 손을 놓아버렸다. 거북은 오만하게 힐끗 돌아보더니 몸을 비틀어 한 바퀴 빙 돈 후, 쏜살같이 내빼버렸다.

"거북아, 거북아."

- 어이 자꾸 부르느뇨?

"잡히면 혼낼 거야!"

- 거북보다 느린 주제에 어딜!

흥! 거북은 콧방귀를 뀌더니 놀리듯 몸을 흔들어대며 사라져 버렸다. 역시 거북 따위의 말을 믿는 게 아니었다.

저기 바로 눈앞에 육지가 보이는데도……. 꼼짝할 수 없었다. 북두칠성 모양 점이 있는 목 부위는 얼어붙는 것 같은 큰 아픔을 주었다. 흐릿해지는 의식을 깨우려 주먹을 쥐어보려 했지만, 물거품처럼 잡히지 않았다.

눈물이 바닷물로 떨어졌다. 아무리 운들 이 드넓은 바다에는 자신의 눈물이 표시조차 나지 않겠지. 이 만경창파 홀로 헤매며 우는데, 그 누가 '나'를 알아 이 눈물을 닦아줄까? 그 누가 따스한 손길로 가슴에 품어줄까?

그 누가…….

****

"어째서 물에 들어갔느냐."

다시 눈을 뜬 시아는 바다와 하늘이 자신을 돕는 것만 같다는 생각이 들었다. 파도에 휩쓸려 단숨에 모래사장까지 떠밀려 나왔다.

"괜찮으냐?"

우유호는 철썩철썩 그녀의 뺨을 때리다가 그녀의 차가운 손을 잡고, 주물리다가 그래도 안 되어 그녀의 가슴을 두 손으로 꾹꾹 눌러보기까지 했다.

'자, 잠깐!'

안타깝게도 목소리가 잠겨 소리가 나오지 않았다. 그는 그녀의 양 볼을 두 손으로 감쌌다. 막연한 불안감 속에 기다리노라니 그가 조심스레 입술을 포개고 뜨거운 숨결을 불어 넣었다. 소름이 아스스하게 돋았다.

"……"

조용하다.

이상하리만치 하늘도, 바다도 잔잔함을 깨달았다. 그녀는 알 수 없는 두려움에 휩싸여 눈을 뜨려고 안간힘을 썼다. 그 순간에 그의 손이 힘없이 털썩하고 모래사장에 떨어졌고 곧 울음소리가 들렸다.

"이 모든 게 꿈이지?"

그의 목소리는 물먹은 듯 잔뜩 잠겨있었다. 그 눈물 젖은 눈은 마치 제발 그렇다고 말해달라고 애걸하듯 대답을 갈구했다. 시아는 무슨 의미인지도 모른 채 고개를 끄덕여줄 수밖에 없었다.

"살았느냐?"

"살았어요?"

떨리는 목소리로 말한 것과 동시에 시아는 흐느꼈다. 갓 성인이 된 시아가 주체하기에는 벅찬 두려움이 밀려왔다. 흐느낌은 점점 서러운 오열로 변해갔다. 혹부리 스토커가 떠오르자, 시아는 몸을 옆으로 돌려 컥 하는 소리와 함께 물을 게워 냈다. 속에 든 물을 한참이나 게워 낸 그녀는 다시 털썩 누웠다.

"가자."

"커피 마시러요?"

"커, 피?"

그는 못 알아들었는지 고개를 갸웃거리며 자리를 털고 일어섰다.

****

그날은 하늘도, 바람도, 물결도 잔잔했다. 그들이 해변을 지나 부둣가에 당도했을 때는 이미 바다에서 돌아와 그물을 손질하는 배도 보였고, 삼삼오오 모인 어부들이 물고기를 거두어들이고 지게에 담아 옮기고 있다.

지게? 아직도 저런 걸 사용하나? 거기다 왜 다들 한복을 입고 있고, 상투를 트고 있지?

"민속촌 같은 곳인가요?"

"그건 뭐지?"

"견학도 하고 영화도 찍고……."

한 어부가 앞을 지나갔다. 지게에서 떨어진 물고기 한 마리가 꿈틀대고 있었다. 시아는 허리를 숙이며 물고기를 잡았다. 힘차게 파닥거렸다. 그 고통스러운 몸짓이 마치 바다로 돌아가고 싶다는 외침처럼 들렸다.

시아가 바다에 놓아주어야겠다고 생각한 순간, 나이 든 어부가 불쑥 물고기를 집어서 갔다. 다시 지게에 집어넣는 어부의 검게 탄 얼굴에는 고단함이 묻어있다.

- 원수는 외나무다리에서 만나는 법. 원수님, 내 가는 길 막지 마오.

그물을 다듬거나 독살에 걸린 물고기를 담는 어부들의 노랫소리가 울렸다. 어부들을 둘러보던 시아가 한순간 발길을 멈추었다.

- 사랑도, 원수도 만들지 않으리. 이어도 사나.

그녀는 감동에 사로잡힌 눈빛이있고, 입술을 달싹거리며 어부들을 따라서 노래를 흥얼거리고 있었다.

"날씨 좋다! 용왕님 기분이 좋으신가 보네."

어부들이 웃었다.

"바다 너머에는 무엇이 있나요?"

시아가 물었다.

"용궁이제."

한 어부가 말해주었다.

"가보셨나요?"

"죽으라고? 살아선 갈 수 없는 곳이지. 어이쿠, 나무꾼이 가나 보군."

나무꾼? 아직도 그런 일을 하는 사람이 있나?

"같이 가요."

밟았다. 옆으로 길게 드리워진 그의 그림자를 밟고 섰다. 그러자 뒤돌아본다.

시아는 그의 명주 옷자락을 잡았다. 그는 맘대로 하라는 듯 어깨를 으쓱거리며 다시 걸음을 옮겼다.

"그치지 않고 흘러가는 저 바닷물처럼, 삶도 흘러가는 대로 두게나."

시아는 어부를 돌아보았다가 다시 바다를 보았다. 말로는 무어라 못 하겠는데, 그 말에는 가슴에 일렁이는 무언가가 있다. 무언가가 파도처럼 거스를 수 없는 크기로 가슴을 쳤다.

****

"찾았다, 찾았다! 나무꾼아, 나무꾼아!"

"네 색시는 이 선녀님이다!"

아이들의 키득키득 웃는 소리가 크게 울리더니 시아의 등을 나무꾼 쪽으로 확 밀치고 도망쳤다.

"나무꾼을 덮친 것은 선녀님이다."

"……"

큼지막한 손이 허리를 붙잡아주었다. 순간, 그에게서 옭아매는 듯한 열기 같은 기운이 확 덮쳤다.

"거봐, 얌전한 선녀님 서방 아랫도리에 먼저 올라간다."

다부진 팔뚝이 그녀의 허리에 맞닿아있다. 그에게서 뿜어 나오던 알 수 없는 뜨거운 열기는 그녀를 초조하게 만들었다. 식은땀이 흐르는 것 같아 이마를 손등으로 적셔보았지만 땀이 나진 않았고 얼굴만 화끈거렸다.

"……."

천천히 고개를 들어 그의 얼굴을 올려다보려 하자 뜨거운 온기가 담담하게 거둬졌다.

"……."

그에게 묻고픈 말이 그녀의 머리를 맴돌았으나 곧 잊어버렸다. 십 대 내내 매일 그리워했고 만나길 바랐던 그 앞에만 서면 머릿속이 하얗게 되고 말았다.

"알나리깔나리!"

아이들이 빙 둘러서서 키득키득 웃고 있다. 불현듯 나무꾼이 나뭇가지를 저 멀리 던졌다. 아이들이 우르르 달려갔다. 시아는 안도의 한숨을 쉬며 다시 말문을 이었다.

"여긴 좀 이상해요. 선생님, 왜 그런 옷을 입고 있으세요?"

그는 이미 멀찍이 가고 있다. 그러자 또다시 아이들이 우르르 따라갔다. 시아는 아이 하나를 붙잡고 물었다.

"어째서 따라다녀?"

"애랑이가 다가오는 계집이 없는지 따라다니랬다."

애랑?

아이는 시아를 가리키며 히죽히죽 웃어대다가 다시 그를 따라갔다. 그는 아이들이 무어라 가당찮은 말을 해도, 애가 닳아 팔을 붙잡고 흔들어대도 꿈적하지도 않았다.

"시끄러워 못 살겠다!"

소리치며 대문에서 나온 여자는 화려한 전모를 쓴 걸로 보아 기녀 같았다.

"호박 기생이 돌을 들고 따라온다! 살려다오, 살려다오."

"나무꾼아, 나무꾼아."

"나무꾼?"

기녀가 소리쳤으나 이미 나무꾼은 저 멀리 산으로 가고 있었다. 시아가 다시 그를 따라 발걸음을 옮기노라니 등 뒤로 다급한 발걸음 소리가 울렸다. 조금 전 기생은 꽃처럼 향기로운 분내를 풍기며 스쳐 지나갔다. 그 순간, 시아의 목 부위 통증이 씻은 듯 사라졌다. 어떻게 된 일일까?

"나무꾼이 애랑의 기둥서방이라지."

저 기녀가 나무꾼을 만나려고 숱하게 산길을 오르는 건 익히 알려진 소문이라 한다. 그때부터 아낙들은 자신들이 들은 소문을 말하기 시작했다. 소문에 의하면 기녀들이 저 남자를 두고 서로 차지하려고 싸우는 통에 행수가 쫓아내 나무꾼이 됐다. 한다.

"어디서 온 사내래?"

"떠돌이 등짐장수랍디다."

그런 그를 두고 한양에서 온 장사치라는 소문이 돌았지만 사실 여부는 아무도 모르고 관심도 없었다. 그저 기녀들이 애가 닳아 쫓아다니는 것이 관심거리인 것 같았다.

"뭔가 이상해. 여기……."

어느새 기녀가 산속으로 사라졌다. 시아도 서둘러 산으로 따라갔다. 나무꾼이 보였다.

느슨하게 묶여있던 고름이 풀려나가고 저고리가 양옆으로 벌어져 있었다. 웃통을 벗은 남자의 모습을 TV나 영화 같은 곳에서 많이 봤어도, 한 번도 이렇게 오래 본 적은 없었다.

아, 이런 자신의 곡절은 자신조차 모르겠다. 참으로 이상한 일이었다. 그를 향한 시선이 거둬지지 않았다.

그의 살갗은 구릿빛이었다. 탄탄하게 단련되어 군살 없이 단련된 복부를 따라 시선을 옮기면 조각처럼 균형 잡힌 견고한 어깨가 보였다. 아름답게 보였다.

나무를 다 주웠는지 그는 아무렇게나 고름을 매더니 지게가 있는 곳으로 성큼성큼 걸음을 옮겼다. 시아도 그를 따라 사푼사푼 걸음을 옮겼다.

****

나무꾼의 집은 외진 산속에 있는 버려진 영월사(迎月寺)라는 암자로 몇 해 전 중들이 모두 도망간 이후로 그가 살았다고 한다. 그곳에 들어섰을 때 가장 먼저 맞이해준 건 선선한 바람이고, 가장 먼저 눈에 띈 건 하늘과 바다이다. 마당의 자갈길을 걸어 들어가면 시야 가득히 차는 하늘. 그 아래로 옹기종기 자리 잡은 초가집과 기와집이 아이들 장난감처럼 보이고 그 뒤로는 푸른빛 망망

대해가 끝없이 펼쳐졌다. 손을 올리면 하늘이 닿고 손을 내뻗으면 바다가 닿을 것만 같은 곳이다. 어째서 그는 이런 곳에 홀로 사는 걸까? 신선이 되어 세속을 내려다보는 것 같아서일까?

시아가 다시 그를 뒤돌아보았을 땐 그의 모습이 보이지 않았다. 다만, 뒤뜰에서 나무를 쪼개는 소리가 종종 들리곤 했다.

"선생님, 대체 왜 이런 곳에 사세요?"

바람이 불었다. 마당에 떨어져 있던 나뭇잎이 휘몰아치고 있다. 이곳은 선선한 바람이 쉬지 않고 불었다. 어쩌면 그는 이 선선한 바람이 좋아 이곳에 홀로 사는지도 모른다.

"……"

그녀는 대청에 앉아 기둥에 머리를 기대고 가만히 구경했다. 하늘, 산골짜기, 바다. 때때로 볕 바른 마당 한 구석에서 놓인 닭장에서 닭들이 쉬고 있는 모습을 보았다.

"……"

언제 나왔는지 그가 그런 시아를 못마땅한 눈으로 보고 있었다. 대청 위에 개다리소반을 올렸다.

그래도 그녀가 전혀 눈치채지 못하자, 그는 발소리를 쿵쿵 높이며 대청으로 다가갔다. 그제야 그녀는 그를 바라보았다.

그가 달걀을 집었다. 그는 아주 잘 먹었다. 시아는 다시 시선을 돌리고 바다를 보았다.

"……."

그가 불쑥 수저를 내밀었다. 그녀는 먹성 좋게 우적우적 달걀을 씹는 그를 바라보며 고개를 저었다. 그래도 그는 구릿빛 손을 집요하게 거두지 않았다.

"입맛이 없어요."

그녀가 그 말을 하기 무섭게 그는 수저를 탕! 놓으며 자리를 박차고 일어서더니 아주 빠른 걸음으로 마당 구석으로 갔다. 갑작스러운 그의 등장에 놀란 닭들이 정신 사납게 우왕좌왕 도망쳤지만, 그는 단 한 치의 머뭇거림도 없이 수탉을 향해 달려들었다.

무시무시했다. 수탉이 부리로 그의 손을 쪼아댔고, 암탉은 등 뒤로 달려들고 있었다. 아무래도 싸움닭 같았다. 기어코 그는 수탉의 날개를 잡아 의기양양하게 번쩍 들어 올렸다.

"대단하셔요."

그녀의 말소리를 들었을까. 어쩐지 그의 낯빛은 사색이 되어있었다.

기세 좋게 잡긴 잡았는데 그 후가 문제인 듯했다.

암수 모두 성깔이 만만찮아 보였다. 수탉이 위협하듯 날개를 푸드덕거리며 성마르게 쪼아대자, 그는 그만 닭을 놓쳐버렸다. 닭들은 위풍 있게 고개를 꼿꼿이 세우고 뒤뜰로 가버렸다. 역시 도시 출신인 그는 마치 지게를 진 양반처럼 이런 일이 낯설어 보였다.

그녀가 못 본 척해주려 고개를 돌리려던 순간, 그의 고개가 천천히 움직여 그녀에게로 향했다. 그의 얼굴이 확 붉어지는 것이었다. 시아가 슬쩍 시선을 피해주자, 아무 일도 없었다는 듯 성큼성큼 다가왔다.

그는 다시 대청에 털썩 앉더니 가만히 그녀 눈앞에 수저를 내밀었다. 그녀가 수저를 받아 들자, 그는 마치 안도하듯 웃으며 왼손을 바지에 손을 쓱쓱 문질렀다.

"피 흘러요."

그는 별일 아니라는 듯 쓱 닦고선 물이 가득 담긴 물그릇을 들고 마셨다. 시원하게 목을 타고 내려간다. 순간, 그의 눈이 커졌다. 아마도 숫기 많아 보이던 그녀가 자신에게 다가와 덥석 손을 맞잡아 놀라게 하였나 보다.

"많이 나요."

그의 앞으로 다가온 그녀는 살몃살몃 그의 손을 잡아당겨 곰곰이 들여다보고 있었다. 그는 손가락 끝에 닿은 그녀의 보드라운 손길을 뿌리치며 다시 자기 옷에 손을 문질렀다.

"……."

그는 말이 없었다. 그는 들릴락 말락 아주 작은 한숨을 내쉰 후, 그는 그녀의 손을 펴게 했다. 그의 손바닥이 마주 겹쳤다. 왠지 손바닥이 간질간질해졌고, 그녀의 가슴이 고통스러울 만치 설랬다.

"자아."

손바닥에 무언가가 물컹한 것이 닿았다.

"이거 줄 테니 돌아가거라."

그는 그녀의 손안에 연잎에 싼 찰떡을 쥐여주었다.

"어서."

마치 아이를 대하듯 손을 오므리고 툭툭 두드려주고 뒤뜰로 갔다.

그가 준 연잎에 싼 찰떡을 펼쳤다. 참기름이 자르르 발린 먹음직스러운 찰떡 세 개가 들어있었다. 한입 베어 물었다.

"웬 거냐?"

시아는 떡을 꿀꺽 삼키며 자신의 앞을 막아선 사람이 누군지 올려다보았다. 왠지 화가 난 것처럼 벌겋게 목과 얼굴이 상기된 여자가 버티고 서있었다.

"내놔!"

저, 저 눈은 구미호가 분명하다! 무섭다. 지금까지 본 사람들의 눈 중 제일 무섭다. 가만 보니 눈만 매서운 게 아니었다. 분을 끼얹은 듯 얼굴이 하얗고, 닭 피보다 붉게 연지 도장 찍은 입술을 하였다. 눈 한 번 안 깜빡이고 시아를 거만하게 쳐다보았다. 누구지? 시아가 생각하는 동안, 그 여자는 훌쩍, 울음을 터트렸다.

"다 큰 어른이 고작 찰떡 때문에 울어?"

훌쩍.

"울지 말고 먹어."

"떡 싫다. 세상에서 젤로 싫다!"

여자가 가시눈이 되어 노려보니 너무 두려워 자리를 옮기려고 했다.

"내놔!"

여자는 다짜고짜 찰떡을 빼앗으려 했다. 시아는 등 뒤로 손을 숨겼다. 왠지 빼앗기기 싫었다. 여자는 요것 보라는 눈으로 시아의 머리에서 발 끝까지 훑어보더라니 불현듯이 머리채를 잡고 흔들었다.

"이 뻐꾸기 같은 년!"

뻐꾸기? 자신이 어째서 그런 말을 들어야 하지? 그런 소리를 듣지 않기 위해 언제나 애썼다.

"남의 것이나 탐내는 년……."

"그런 적 없어!"

"없어?"

여자가 날카로운 따귀를 올려붙였다.

"당장 그 떡 내놓지 못할까!"

"……."

시아는 입술이 터져 피가 맺혔지만, 두 손으로 떡을 한껏 쥐고 끝까지 주먹을 펴지 않았다. 여자는 시아의 손등을 할퀴었다.

"으……."

시아의 손바닥이 펴졌고 찰떡이 바닥으로 툭 떨어졌다. 눈물도 주르륵 흘렀다.

차오르던 숨을 가다듬으며 승리의 미소를 짓던 여자는 시아가 쏘아보고 있는 것을 깨달았는지 다시 머리채를 잡아 흔들었다.

"이게 다 무슨 소란이더냐!"

벼락같은 고함과 함께 그가 달려왔다.

"저 계집을 혼쭐내고 있었다."

그가 우뚝 멈추어 섰다. 시아를 돌아보는 그는 당황한 기색이 역력했다.

"네가 아니었느냐?"

"어떻게 나를 저 못난 여자와 헷갈려?"

시아는 혼란스러웠다. 어떻게 자기 얼굴이 또 있을 수 있을까? 혹시 잃어버린 쌍둥이 자매라도 있었을까? 신기하여 그 여자의 얼

굴에 손을 올리려던 순간,

"하나……, 둘……, 셋……."

"뭐 하느냐?"

"저 계집의 점을 센다."

"왜?"

"이상하지 않으냐? 한 점 한 점 파랗게 빛나고 있으니까."

"너도 빛나. 빨갛게."

시아는 여자의 목에 손을 올리고 조심스레 더듬어보았다. 살갗에 달싹 붙어 안 떨어졌다.

"어떻게 똑같지?"

"잃어버린 쌍둥이 자매가 아닐까?"

"혹시 영화 촬영은 아니죠? 이상해요. 여기 오고부터 점 색이 이상해졌고, 그 부위가 얼음처럼 차가워요. 근데 쟤와 마주친 후부터는 통증이 사라졌어요. 여기선 이런 일이 가능해요? 역시 영화 같은 거죠?"

"영화가 뭐지?"

"단역 배우 알바하는 거 아니세요?"

"알 바?"

"아니 알바!"

전혀 모르는 눈치였다. 그렇다면 여긴 과거의 시공간이라도 된단 걸까?

"역시 우린 쌍둥이겠지?"

여자가 다시 물었다.

"그게 아니라고!"

시아는 단호하게 고개 지었다.

"그럼, 뭐지?"

"난 미래에서 왔다고!"

"미래?"

"그건 서역에 있는 나라야?"

"아니. 여기보다 몇백 년 뒤의 시대에서 왔을 거야."

"미쳤구나?"

"이런 거 본 적 있어?"

휴대폰을 꺼내서 여자에게 도시 전경을 보여주었다.

"이것 봐. 미래는 이런 곳이야."

여자의 눈이 등잔만 해졌다.

"어머, 요지경 단지 같다."

여자가 박수를 치자, 그가 다가와 보기 시작했다.

"서역은 이렇더냐? 내 청나라에 있을 때 서역에 대해 많이 들었다."

"이 영상은 서역이 아닌 바라에서 찍은 거예요. 여기 먹처럼 검은 거북 바위 아시죠?"

"똑같군. 그런데 이것은 수레인가?"

"아니. 자동차예요. 사람을 태우고 옮겨줘요."

"하늘에 있는 이건?"

"비행기예요. 하늘을 날아요."

"신기하군."

"저야말로 신기해요. 전 어쩌면 전생으로 온 건지도 모르겠네요."

"어쩌다?"

"우물에 빠지고 쓰러졌어요. 깨어나니 바다 한가운데였어요. 운 좋게 파도에 밀려 해변까지 갔죠."

"근데 왜 내 남자를 훔치려 했어? 이 도둑년!"

"안심해도 돼. 아쉽게도 난 바로 원래 살던 곳으로 돌아가야 하거든."

"어떻게 돌아가?"

"여기에 오게 된 과정과 똑같은 상황을 만들면 되지 않을까? 다시 우물로 가서 물에 빠지면 될 거야."

"우물로 가서 물에 빠진다고? 제정신이야? 목숨은 소중해."

"이건 애랑의 말이 옳다. 일단 자고 생각은 내일 하여라."

그가 손을 잡아끌며 방으로 데려갔다. 원래 법당으로 쓰던 곳일 터인데도 불상은 없고 아무것도 없었다. 그저 바닥에는 구겨진 여자 한복 한 벌과 종이 뭉치만 있었다.

"이 옷으로 갈아입어라."

그가 나갔다.

방안을 둘러보려고 고개를 숙이자, 머리에서 물방울이 후드득 떨어졌다. 옷가지가 호졸근하게 젖어 몸뚱이에 찰싹 붙었다. 치마가 온통 물에 젖어 그녀가 움직일 때마다 차닥거렸다. 꿀쩍거리며 달라붙은 블라우스 툴툴 벗어 던진 후, 단번에 치마와 속옷을 끌어내려 실오라기 하나 걸치지 않은 몸이 되었다. 움직일 때마다 물방울이 뚝 떨어졌지만, 그녀는 그대로 이불 속으로 숨었다.

좋은 향기가 났다. 그 그윽한 향은 나무나 풀잎의 냄새처럼 마음을 평온하게 만들어주었고, 잠이 들게 했다. 아늑함에 빠져들어 새근새근 잠든 그녀의 얼굴은 평온했다.

하지만 얼마 못 가 그녀는 훌쩍이녀 잠에서 깼다. 얼굴에는 온통 땀과 눈물범벅이 되었다. 얼마나 잤을까. 날이 저물었을까.

창호지에는 어둠이 드리워져 있고, 저 멀리 어딘가에서 두견새의 울음소리가 들려왔다. 저 두견새는 똬리를 튼 추악한 뱀에게 잡혀 놀란 걸까. 무에 그리 두려워 저리도 서글프게 울지?

그 서글픈 새소리가 듣기 괴로워, 그녀는 도망을 치듯이 그의 채취가 배인 이불을 머리까지 푹 덮어썼다. 그러자 새소리가 잠잠해진다. 대신 그녀의 서러운 울음이 새어 나왔다.

"선생님……."

2.

****

다시 잠이 들었고 꿈을 꾸기 시작하였다.

밤새 꿈나라에서는 흥겨운 잔치가 벌어지고, 하늘나라 간 엄마가 나타나 치마를 벌려 보라 하여 그리하였더니 별을 따다가 주었다. 탐랑(貪狼), 거문(巨文), 녹존(祿存), 문곡(文曲), 염정(廉貞), 무곡(武曲), 파군(破軍). 일곱 성군님을 치마 안에 감싸 안고서 엄마를 따라가노라니 어느 순간 아련한 파도 소리가 들리기 시작하였고 엄마는 홀연히 사라져 버렸다.

엄마를 찾아다니다 모래 위에 누워있는 한 사내를 발견하고 다가가니 치마 안의 성군님들이 그자의 등으로 옮겨가 있었다. 그 등에 손을 올린 순간, 하얀 거품이 밀려왔다가 쓸려나갔고, 그가 천천히 고개를 들며, '넌 위선자!'라고 소리치는 것이었다.

"위선자 아니에요!"

놀라서 잠에서 깬 시아는 주변을 둘러보았다. 아침 햇살이 비춰

들고 있었다. 푸른 저고리와 흰 치마를 입고 마당으로 나가니 그 여자가 보였다. 시아는 더 볼일 없다는 듯 뒤돌아섰다. 그 여자는 시아를 발견하고 째려보더니,

"고 입술에 연지를 발랐느냐?"

라고 물었다.

"아니."

"참이렸다?"

"참이다."

"흥, 타고나길 붉단 겐가? 연지 값 벌었군."

"그럼, 나는 이만……."

"눈을 감아보아라."

"왜?"

"뭔 군말이 그리 많으냐?"

눈을 감으니 얼굴 위로 와 닿는 그 눈길이 못 견디게 따가웠다. 윽, 눈꺼풀은 따끔따끔 쓰라렸다.

"눈을 떠보아라."

바로 눈앞에 여자의 손이 있었다.

"내 손 고우냐?"

"그래."

"자세히 보아라."

자세히 보니 여자의 손바닥 위에는 세상에 ······.

"가장 긴 걸로 뽑았다."

저 여자는 어째서 남의 속눈썹을 두 개나 뽑고서 흡족하다는 듯 심술스럽게 웃고 있을까. 시아로서는 도통 알 수가 없다.

"어찌 생각하느냐?"

"······."

대체 어떤 반응을 원하는지 모르겠다.

"그래, 그래."

이럴 땐 무조건 '예, 예.' 해주는 것이 상책이다.

"흥!"

여자는 시아를 화나게 하려 하였으나 별 반응이 없자, 시아를 밀쳤다. 참말이지 저 이상한 여자는 얼토당토않은 이유로 화풀이하려고 든다.

"그 꼴은 왜 그래?"

"뭐?"

"화장이 이상해. 이 시대의 트렌드를 잘 모르지만."

"트, 렌, 드?"

"유행."

"유행일 리가 있겠어?"

"그럼, 왜 그런 화장해?"

"혹부리 떨어져 나가라고."

"호, 혹부리가 여기에도 있어?"

"있지."

"혹부리가 널 괴롭혀?"

"괴롭혀."

"네 사정 이야기해 줘."

"이름은 진애랑. 이 나로 말하자면 비련의 여인이지. 아주 사연이 구구절절해. 아니, 구질구질해."

"해줘."

"나는 양반이던 백부님을 어려서 잃고 양가녀인 어머니, 외숙과 살았더랬어. 어려서부터 고생하는 어머니가 가련하여 열심히 돕곤 했지. 그런 어머니마저 병으로 잃은 후로 외숙과 둘이 살았는데, 외숙이 점점 노름에 빠져서 양반의 서녀인 나를 이 기방에……."

"아이코! 가련한 애랑."

"행수님께선 이런 일은 흔하다고 하셔. 하지만 난 기생이 되기 싫어."

애랑은 눈물을 흘렸다. 그런 자신이 마음에 들지 않는지 입술을 삐죽거리다가 소매 끝으로 눈시울을 문질렀다.

"분명히 말해두겠는데, 나무꾼 은무는 내 남자야. 어제처럼 추파 던지면 가만 안 둬!"

애랑은 시아를 아래위로 훑어보더라니 도끼눈이 되어 노려보다가 산 쪽으로 갔다. 시아도 따라갔다.

****

 애랑의 모습은 보이지 않았다. 산 중턱에 다다랐을 즈음, 시아는 잠시 고목 뒤 그루터기에 걸쳐 앉아서 자신이 나무꾼과 우유호 선생님이 같은 사람이라 생각하는 까닭을 정리해 보았다.

 잘생겼다.

 "나무꾼아!"

 시아는 애랑의 목소리를 향해 고개를 돌렸다. 묵직한 발걸음 소리가 울렸다. 그리고 곧 시아의 기대대로 선골이라 할 만치 출중한 남자의 풍채를 볼 수 있었다. 그리고 곱디고운 치마와 저고리를 차려입은 그 못된 애랑이 그를 뒤따라와 팔짱을 끼는 모습도 볼 수 있었다.

 "날 좀 보아라."

 애랑이 화장을 지웠는데도 그는 눈길 한 번 주지 않고 나무만 보고 있다. 애랑은 옅은 한숨을 내쉬며 그의 가슴에 살포시 손을 올렸고 그의 어깨에 머리를 기대었다. 그래도 그가 꼼짝하지 않자, 어깨를 잡으며 간절한 표정으로 올려다보았다. 그 순간, 왠지 깊은 산속은 바람과 나뭇잎마저 고요하였고 시아도 숨을 죽였다.

그는 여전히 다른 곳을 보고 있었다. 그는 긴팔을 쭉 뻗어 그녀의 팔을 매정하게 뿌리쳤다. 상처받은 마음이 그녀의 뒷모습에서 느껴졌다. 그 애랑이 시무룩하게 고개를 숙이자, 나무 뒤에서 이 광경을 지켜보던 시아의 입에서도 왠지 모르게 한숨이 새어 나왔다. 저자는 여인들 눈에서 눈물 나게 만드는 몹쓸 난봉꾼일지도 모른다.

"어……."

시아는 자신도 모르게 입이 벌어졌다.

애랑의 하얀 손이 그의 구릿빛 얼굴에 뻗어가더니 그의 머리를 잡아끌며 그대로 입을 맞추어 시아를 당황케 했다.

남녀가 부둥키고 있는 모습에 놀라 서둘러 땅 아래로 눈길을 거두었다. 어느덧 땅에는 이름 모를 들꽃이 만발해 달콤한 향을 내뿜고 있었다. 들꽃을 만지작거리던 시아의 손길에 불안한 기색이 역력하였다. 언제부턴가 입맛을 다시는 낯부끄러운 소리가 들렸다. 점점 커지던 소리가 이윽고 조용해졌다.

다시 고개를 든 시아는 그 애랑이 그의 옷매무시를 만지작거리는 모습을 보았다. 살짝 숙인 옆모습은 발그레하게 볼이 상기되어 붉은빛 입술을 살짝 벌린 모습이 청순했다.

"어휴, 이 젖은 것 좀 봐."

애랑은 그의 저고리 사이로 손을 집어넣고 땀에 젖은 몸을 극진한 손길로 적셔주었다.

'금, 금수……'

이 밝은 대낮에 어찌 사람의 탈을 쓰고 저 망측한 짓을 한단 말인가! 시아는 그저 어서 그들이 지나가기만을 바라며 제법 꽃봉오리를 머금고 있는 이름 모를 작은 꽃들만 내려다보았다.

"암하노불처럼 꿈쩍하지 않네."

애랑의 긴 한숨 소리가 울렸지만 시아는 더 이상 고개를 들지 않았다.

"어찌 그리도 내 마음을 몰라주느냐?"

"……"

그는 아무런 말을 하지 않았다.

"어째서 이리도 나를 홀대하느냐? 내 너를 위해 행수님과 실랑이를 벌이며 이 험한 산에 올라오건만……."

"……."

"행수님이 두려워서냐?"

"……."

"같이 도망가자."

애랑의 목소리는 떨리고 있다. 호기심에 못 이겨 시아가 고개를 들었을 때, 애랑은 나무꾼의 품에 안겨 도망가자고 울고 있었다. 반면, 그는 단호하게 고개를 저었다.

"나무꾼아!"

그는 애랑의 애절한 손을 냉랭히 뿌리친 후, 홀로 성큼성큼 가버렸다. 그의 눈빛은 싸늘했다. 참말로 이 무서워 보이는 남자가 우유호의 전생일까?

흥분인지, 두려움인지 그의 걸음에 발맞추어 시아의 심장도 떨렸다. 그는 시아가 숨어있는 쪽으로 뚜벅뚜벅 걸어오고 있었다. 그 큰 그림자가 시아가 있던 곳 앞에서 섰다. 그가 차가운 눈으로 쏘아보고 있었다. 시아의 얼굴은 홍당무가 되어갔다. 스스로 생각해도 참으로 이상하다.

"저는 그저……."

그는 시아를 얼굴을 힐끗 한 번 쏘아본 후 다시 걸음을 옮겼다.

"나무꾼아……."

애랑이 불렀다. 그녀의 목소리는 더할 나위 없이 애절했지만, 그녀는 더 이상 그를 따라가지 않고 그가 멀찍이 앞서가는 모습을 지켜보기만 했다. 그는 어찌나 걸음이 빨랐는지 순식간의 산그늘 속으로 사라져 버렸다.

"내 너를 바다에서 구해준 은인이지 않느냐? 그날 바다에서 옮긴다고 얼마나 고생한 줄 아느냐? 숨겨준 것도 나, 이곳을 알려준 것도 나잖느냐? 헌데 어찌 내게 이럴 수 있느냐? 배은망덕하게……."

그 애랑은 그의 모습이 사라진 후로도 한참이나 그 자리에 멈춘 채 서 있었다.

****

"네 이년!"

불쑥 행수기생과 장정들이 나타나자, 그 애랑이 털썩 주저앉았다.

"당최 네년 속을 모르겠구나. 또 산으로 조르르 쫓아왔구나."

"해, 행수 어른."

"배가 맞아 정신을 못 차리는 거겠지."

"예, 한 번 사랑할 정인을 찾으니 도저히 다른 사내와는……."

"눈에 뵈는 게 없는가 보구나. 자기 사내 죽이는 줄도 모르고 달려가지. 저놈이 사내구실을 못 하게 만들어야만 그만둘 것이더냐?"

"아, 아니 되옵니다."

"나무꾼을 잡아 오너라!"

"해, 행수님! 잘못하였사옵니다. 다, 다시는 산을 오르지……."

그 애랑은 하늘이 무너지는 광경을 목격한 듯이 행수의 발을 잡고 매달렸다. 행수는 거칠게 그 애랑을 뿌리치며 그대로 따귀를 갈겼다.

"내 누누이 말했지. 창기라면 떠나보낼 줄 알아야 한다고. 저 포구처럼 숱한 배가 넘나들다가 결국은 떠나보내는 게 창기의 숙명이다."

"한낱 정에 미련을 두지 않겠나이다. 그러니 부디 나무꾼을……"

"두 번은 없다."

"명심하겠나이다."

장정들에게 에워싸여 끌려가던 애랑의 남실남실 바람에 나부끼는 치맛자락을 보던 시아는 어쩐지 안타까웠다. 꽃과 바람도 저 애랑이 가련했을까. 언제부터인가 작은 꽃잎들이 애랑 쪽으로 우수수 날아갔다. 그녀가 지나간 바닥에는 온통 꽃잎이 흩뿌려져 있다.

"저건 벚나무인데."

벚나무 위를 올려보니 그가 있었다. 우뚝 서서 애랑을 보고 있었다. 잔잔한 산들바람에 그림자의 머리카락이 휘날리고 있었고, 그의 손에 들린 나뭇가지에서 꽃잎이 하나둘 꽃술에서 떨어지고 있었다. 그는 화가 난 사람처럼 입을 꾹 다물고 애랑을 뚫어져라 보고 있었다.

"어서 오지 않고 무엇 하느냐?"

애랑이 사푼사푼 걸음을 옮기며 스쳐 지나갔을 때는 분내가 풍겼다. 못내 아쉬워 돌아보는 애랑의 눈에는 눈물이 대롱대롱 맺혀 있다.

"진시아, 네 이년!"

"왜, 왜?"

"내가 없다고 나무꾼 꼬시려 들면 사달 날 줄 알아!"

이 와중에도 시아에게 소리쳤다. 정말 못 말리는 애랑이다.

****

"행수님, 나무꾼을 찾았습니다!"

그가 끌려오자, 행수기생의 손이 그의 머리통에 날아갔다. 발길질까지 당하고 맞으면서도 그는 시아를 나무 뒤에 숨기려는 듯 버티고 섰다.

"건방짐이 하늘을 찌르는군."

그는 행수에게 꾸벅꾸벅 머리를 조아린 후, 시아와 반대 방향으로 가려 했다.

"반상 죄로 다스려야 하느니! 관아로 가자!"

오도카니 맞을 뿐 반응이 없던 그는 '관아'라는 말을 듣자 갑자기 낯빛이 바뀌고 손을 마주 비벼댔다.

"은무 네 이놈! 고추 하나 덜렁 달고 나와, 이 기방을 농락하는구나. 퉤, 소금 뿌려라."

하하하, 그곳에 있던 모든 사람이 웃었다.

"잘난 인물로 기녀들 다 홀리다 못해 이젠 쌈박질까지 하네. 싹수가 노랗다. 귀신은 무엇하나. 저 놈팡이 안 잡아가고!"

와하하, 또다시 웃음소리가 울렸다.

"역시 사내구실 못 하게 만들어야만 애랑이 그만두겠지."

"어머, 행수님! 그건 너무 심한 것 같사옵니다!"

기생들이 소리쳐도 행수의 표정은 단호했다.

"저놈을……."

행수라는 무섭게 생긴 여자가 도끼눈을 부릅뜨고 소리쳤다.

"쳐라!"

장정들이 우르르 달려와 그에게 몽둥이를 내리쳤다. 그는 순식간에 멍석에 말렸다.

"그래도 그간 정을 생각하여 살려주마. 이곳에서 어슬렁거리지 말고 떠나거라. 대신 다신 애랑에게 얼씬도 하지 마라. 아고, 상공 어른!"

상공이 뭘까? 궁금해 고개를 내민 순간, 길게 드리워진 서너 그림자를 볼 수 있었다. 그중 하나에는 볼록 솟아오른 작은 혹이 있었다.

시아는 그 즉시 도망치기 위해 주변을 둘러보았다. 멍석을 끌고 가는 풍채 좋은 장정들 뒤에 서서 살금살금 따라갔다.

장정들은 깊은 산속에 멍석을 던졌다. 장정들이 사라지고 깊은 침묵이 흐르기 시작한 가운데, 점차 멍석에서 들려오던 숨소리가 작아지고 그의 손이 툭 바닥으로 떨어졌다.

"죽으셨어요?"

그 후로 꼼짝하지 않는다. 다시 손과 뺨이 싸늘해졌고, 무척이나 추워 보였다. 더 지체해선 아니 된다.

"일어나요!"

끙끙 앓는 소리만 들릴 뿐 남자는 꼼짝도 하지 않았다.

"괜찮으세요?"

시아는 멍석을 위에서 꽉 잡았다. 한쪽 팔로 그의 몸을 감싸고 다른 쪽 팔로 멍석을 풀려고 했으나 축 늘어진 장성의 육신은 가녀린 그녀가 감당하기 힘들 정도로 무겁게 느껴졌다. 그녀는 두 눈을 질끈 감고서 멍석에 감긴 그의 몸을 언덕 아래로 굴렸다.

"이봐요."

그는 젖은 솜처럼 축 늘어져 엎어진 채 누워있었다. 맞으며 긁혔는지 옷이 군데군데 너저분하게 찢겨 구릿빛 살갗이 드러났다.

사내의 숨이 막히지 않도록 몸을 돌려주었다. 온통 피에 젖은 옷과 얼굴에도 모래투성이였다. 파리하게 눈을 감고 있는 그 모습은 아무리 봐도 우유호다. 이 은무라는 남자가 우유호 선생님의 전생이 분명했다. 시아는 알 수 없는 두려움에 휩싸여 위엄마저 느껴지는 남자의 얼굴을 멍하니 내려다보았다.

꿈이겠지? 꿈이 아니면, 어쩌지?

"이제는 그만 꿈에서 깨어나……."

"애랑……."

아주 나지막한 음성이 울렸다.

"애랑……."

"저는 애랑이 아니라 시아예요! 진시아!"

"네 정체에 대해선 애랑을 구한 후에 생각하자."

가만 보니 이 남자. 애랑 앞에서만 싫은 척하는 것 같다.

"애랑을 사랑하면서 왜 아닌 척해요?"

"자, 보아라."

그는 소매에서 종이 하나를 꺼냈다.

"관아 현판에 붙어있던 방이다. 내가 무슨 죄를 지었는지 보아라."

곱상한 도령의 용모파기를 들여다보았지만, 한문을 몰라 어떤 사연이 있는지는 알 길이 없다.

"우은무.."

"……."

"자헌대부 우참찬 우우천의 수양아들이다."

그녀는 그의 얼굴을 찬찬히 훑어보다가 다시 반듯한 이목의 도령의 그림을 보았다. 빛과 어둠처럼 다르다. 그런데 같다.

대체 그에게 무슨 일이 있었던가?

"역적의 아들이로군. 목에 오백 냥이 걸렸지만, 이미 호랑이에 물려가 죽었을 거라 한다."

역적의 아들? 그 말을 듣는 순간에 눈앞이 캄캄해졌다.

"가족인 매형도 역적과 엮이지 않으려 나를 죽이려 했다."

"……."

"말해보아라. 이래도 따라오라고 해야겠느냐?"

"……."

"내가 사는 곳 안에는 어둠뿐이고, 밖에는 도깨비가 서성이는데도?"

"……."

시아는 아무런 대답도 못 하고 땅 아래만 먹먹히 보고 있었다. 그 어떤 여자에게도 그런 어둠까지 따라가라 할 수 없었다.

V. 순천명

1.

****

고을에 당도하였다. 그는 도둑처럼 살금살금 으슥한 담벼락으로 갔다. 시아가 뒤돌아볼 새도 없이 성큼성큼 빠르게 다가가 그녀의 허리를 와락 부둥키고 번쩍 안아 올렸다. 당황한 시아가 얼결에 그의 팔뚝을 꼭 쥔 순간, 그대로 질주해 달려 담장 위를 훌쩍 뛰어올랐다가 다시 아래로 훌쩍 뛰어내렸다. 질끈 눈을 감고 그의 소맷자락을 꼭 붙들고 있던 그녀의 손이 떨리고 있었다.

"무사님이셔요?"

"아니. 기다려라."

그는 열쇠를 구하러 간다며 달려갔다. 시아만 홀로 서 있던 뒤뜰에는 짙은 그늘이 드리워 있어서 으스스했다. 시아는 광으로 다가가며 귀를 쫑긋 세웠다. 바람도 멈춘 듯이 고요했다. 그리고 들렸다.

대관절 아까부터 누가 계속 노래하는 거지?

- 청천 하늘엔 잔별도 많고…….

우물이 보였다. 어둠만이 감돌았다. 그곳은 사람들의 발길이 뚝 끊긴 건 물론이거니와 기억에서조차 덮어진 것처럼 을씨년스러웠다. 하루 이틀 비워진 게 아닌 것 같았다.

-우리네 가슴속엔 희망도 많다.

그 목소리는 구름도 멈춰 서게 할 정도로 아름다웠지만 애달았다. 그 노랫소리를 따라 발길을 옮겼다.

"계속 불러줘."

시아의 말소리에 놀란 애랑이 쳐다보았다.

"이것 좀 봐. 신기하게도 그림자까지 닮았네?"

시아가 자신과 애랑의 그림자를 손가락으로 가리켰다.

"그럼, 네가 그리울 때 그림자를 보면 되겠네?"

애랑이 말했다.

"그리워?"

"쌍둥이들은 떨어져 있으면 그렇대. 공명하나? 그렇게 항상 서로 곁을 지켜준대."

애랑의 말에 시아의 눈이 커졌다. 왠지 그 말이 큰 위인이 되었다.

"나도 네가 그리울 때마다 이 그림자를 볼게."

"쉿, 숨어!"

삐거덕, 문이 열리는 소리가 울렸다. 발걸음 소리가 그녀들이 있는 우물 쪽으로 다가오고 있었다. 시아와 애랑이 짙은 그늘진 나무 뒤에 몸을 숨긴 채 숨죽이고 지켜보노라니 기방의 하인들이 나타났다.

"하늘도 무심하시지! 저런 강박한 작자에게 그런 복을 내리실 건 뭔가!"

"방귀도 뀔 놈이 뀌어야지, 저런 박한 자가 방귀깨나 뀌니 아랫사람만 죽어나지. 대체 귀신은 뭐 하나? 저 행수 안 잡아가고!"

"이보게 그 못된 행수 좀 곯려줄까?"

"어떻게?"

한 하인이 씩 웃으며 그쯤은 일이라도 아니라는 듯 앞서갔다. 그곳은 사람들의 발길이 뚝 끊긴 건 물론이거니와 기억에서조차 지워져 텅 비워진 채 오고 가는 것은 쥐새끼뿐인 곳이다.

"한날 그 행수가 예서 무얼 하나 훔쳐본 적이 있는데, 우물 앞을 서성이더군."

"우물?"

하인은 굳게 닫힌 우물 뚜껑을 쾅쾅 두드렸다.

"헌데 으스스하군. 소문에 행수 손에 죽은 기녀 수향의 혼령이 나타난다던데."

"귀신인들 행수기생보다 무서우리."

"얼마나 억울하였으면 수향이 이 우물에서 자결하고, 지금까지 소복을 입은 채 물을 뚝뚝 흘리며 나타나겠는가."

"자, 우물이 열렸다 하면 행수의 가슴이 저릿저릿 졸이겠지?"

"오늘 밤, 잠은 다 잤겠네!"

하하하, 두 하인은 호탕하게 웃었지만 매우 예민해져 있다. 나무 뒤에서 이 광경을 지켜보던 시아가 아주 작게 바스락거리는 소리를 냈을 뿐인데도 단번에 소리가 나는 쪽을 찾아내 주시했다.

하인들의 눈에 웬 허연 것이 흐릿하게 보이지 않는가! 두 하인은 서로 얼굴을 보며 동시에 외쳤다.

"나왔다, 귀신!"

"아, 아니 수향!"

"수향아, 용서해 주오!"

"다신 안 오겠다!"

"나쁜 건 다 저 행수와 혹부리의 짓이지, 우린 죄가 없다."

나무 뒤에서 어른대는 허연 그림자가 사람의 것인지, 나무의 것인지, 귀신의 것인지를 알아볼 생각도 못 한 채 앞서거나 뒤서거나 줄행랑쳐버렸다. 그리고 곧 하인들이 술렁이는 소리가 들렸다.

"행수 어른! 뒤뜰 우물의 금줄이 끊겼습죠!"

"네 이놈들! 허락도 없이 뒤뜰에 갔단 말인가?"

"가고 싶어서 간 게 아닌뎁쇼."

"그 무슨 귀신 씻나락 까먹는 소리더냐?"

"바로 그겁니다요!"

"그거라니?"

"쇤네도 모르게 여인의 울음소리에 홀려 뒤뜰로 갔고, 정신을 차리고 보니 우물 앞이었고, 금줄이 끊겨있지 않습니까?"

"……."

행수기생은 미간을 일그러뜨렸다. 그 사이 하인들에게서 어이없는 말들이 오고 갔다.

"우물에서 큰 울음소리가 울리면 변고가 일어나지 않았나?"

"그, 그러면 귀, 귀신의 경고란 말인가."

"아니면 무어란 말인가?"

하인들은 귀신의 소행이라 결론 내렸다.

"안 그래도 지화가 꿈에 수향이 나왔다고……."

"아이고!"

모두가 괴이한 일이라고 법석을 떨 동안 행수기생만이 침묵을 지키고 있었다.

"행수님!"

"북과 꽹과리를 쳐야 합니다요."

"…… 그러게나. 크게 쳐라!"

이곳 사람들에겐 익숙한 일인 듯 하인들은 두말하지 않고 북과 꽹과리를 치며 온 집안을 돌아다녔다. 그런 사람들의 모습이 사뭇 우스꽝스러웠던지, 시아는 나무 뒤에서 키득거리며 웃었다. 풍속이 해괴하다.

"더 밝게 불을 켜라!"

행수기생의 명에 대낮처럼 훤히 불을 밝혔다. 저 정도의 매서운 여자도 깜깜한 어둠이 무서워 빛이 필요할까? 어쩌면 시아가 사는 현대 사람들도 마찬가지일지 모른다는 생각이 들었다.

"갈게. 혼란스러울 때 도망치기 좋을 테니까."

"조심해."

"난 걱정하지 마. 우물 아래로 내려가기만 하면 돼."

"잠깐!"

"왜?"

애랑이 사푼사푼 다가와 시아의 머리에 손을 올렸다. 그러자 이상하게도 바람이 나비 날갯짓처럼 살랑이며 불어왔다.

"가져. 이 방물은 우리 어머니의 유품이야."

은과 비취로 만든 나비 모양 머리꽂이였다.

"파랑과 다홍 중 무슨 색이 좋아?"

"파랑."

나긋나긋한 손길이 시아의 머리에 닿았다가 떨어졌다. 아쉽지만 이제 애랑과 이별하고 돌아갈 시간이었다. 뒤돌아서서 걸음을 옮겼다.

"진시아."

"왜?"

"힘들면 언제든 다시 와."

애랑의 말에 가슴 가득히 뭉게구름처럼 몽글몽글한 포근함이 메웠다.

2.

****

홀로 남은 시아는 바람에 흔들리는 가랑잎의 소리에도 겁을 먹고 눈망울을 두리번거리고 있었다. 잔뜩 겁에 질려있었지만, 우물만 내려가면 된다는 생각에 더더욱 걸음을 재촉했다.

"이리로 와. 이리로!"

어디선가 여자 목소리가 불쑥 흘러나왔다.

"이리로, 이리로!."

"누구세요?"

"애랑아. 나야, 옥미!"

갑자기 나타난 옥미라는 기생이 시아의 손을 꽉 잡았다. 누군지 모르겠으나 친구 조미진과 닮았다.

"네가 은무와 도망치려 했다고 난리 났어. 행수님이 은무를 찾으면 죽여서 바다에 버리겠다고 하시더라! 정말 은무와 도망가는 거야?"

시아가 고개를 끄덕이자, 기생이 팔짱을 끼며 말했다.

"따라와. 내가 숨겨줄게."

"아냐. 갈 곳이 있어."

기녀가 시아의 손을 잡아끌었다. 툭, 딱딱한 것에 부딪혀 돌아보니 장정들이 뒤에 서 있다. 영문도 모른 채 옥미의 뒤를 쫓아가던 시아는 몇 번이고 우물을 돌아보았지만, 장정들이 계속 따라왔다. 쓸쓸히 고개를 숙였을 때, 피처럼 붉은빛이 어슴푸레 눈에 띄었다.

"안 따라오고 뭐 해?"

"꽃이 피었어."

담 모퉁이의 돌 기슭에 붉은빛 꽃이 봉오리가 맺혀있었다.

"폈다가 금세 질 것 무에 그리 반갑고 아쉬우리. 어서 가자꾸나."

옥미의 손에 이끌려가면서 뒤를 돌아보면 어둠 속에 핏방울처럼 맺힌 꽃들이 보였다. 걸음걸음마다 붉은 꽃이 시아가 흘린 피처럼 따라온다.

"이리로 와."

어느새 교방 한가운데였다.

저마다 멋진 갓을 쓰고 비싼 부채를 손에 든 남자들과 고운 한복을 입거나 전모를 쓴 여자들이 보였다. 남자든, 여자든 손마다 술잔이 들려있었다. 그곳은 웃음소리로 가득 차 있었다.

"옥미 잘 있었는가."

"돈도 없으면서 왜 오셨담."

"그래도 달과 꽃을 보는 건 공짜지."

"아무렴! 우리 같은 가난한 한량이 누릴 유일한 사치 아니겠는가!"

알록달록 빛깔의 치마와 저고리가 형용 못 할 만큼 아름답고. 세상의 미색이란 미색은 모두 모여있는 것 같았다.

"춤추어라."

"예? 못 춰요."

아무도 그녀의 말을 들어주지 않았다.

귓가로 터질듯한 큰 음악 소리가 울리기 시작했다. 그 음악은 그녀의 귓속으로 날카로이 파고들다가 점차 전신으로 퍼져갔다. 장구와 가야금 소리가 크게 울리고 현기증이 일었다.

"춤을 못 추면 애랑이 아니고말고!"

"당장 진짜 애랑을 잡아 와라!"

그럴 순 없다. 절대로!

"추겠습니다."

장구와 가야금 소리가 비장하게 울리는 동안, 시아의 모든 감각, 세포 하나하나가 흔들리고 있었다.

시아는 자신의 그림자를 보았다. 좀 전의 슬픔은 어디로 간 걸까? 그림자가 웃고 있었다. 흥겨운 장단에 맞추어서 손과 팔로 까닥까닥 율동하였다. 거기서 멈추지 않고 두 발은 율동하고 치맛자락은 빙글빙글 돌고 있었다. 마치 이제 막 무겁게 짓누르던 억압에서 벗어나 홀가분해진 사람처럼 흥겨워 보였다.

이 본체와 저 그림자. 둘 중 무엇이 진실한 마음일까? 옛날 할아버지께 물었을 때, 무어라 답하셨더라?

짝짝짝.

우레와 같은 박수 소리에 놀라 주변을 둘러보았다. 행수기생, 기녀들, 한량들이 그녀를 빙 둘러싸고 환호하고 손뼉 치고 있었다. 황홀한 달빛 아래서 화려한 춤사위가 펼쳐지고 있었다.

****

"내 꽃값을 넉넉히 쳐주마."

대놓고 희롱질하려 하자 손을 뿌리치며 뒤돌아섰다. 그러자 도령 하나가 시아의 뒤에 바짝 붙어 코를 킁킁댔다.

"분도 바르지 않았는데, 어찌 이리 향기가 곱단 말이냐? 발그레한 볼이 기생답구나. 내 오늘, 네 머리를……."

"……."

도령은 안달복달하며 막무가내 손목을 부여잡고 어딘가로 끌고 가려 했다.

"그냥……."

"그냥?"

"뒈져버리셔요."

"이 맹랑한 계집! 감히 이 나를 농락하느냐?"

도령이 손을 번쩍 들자 시아가 눈을 질끈 감았다. 그때, 등 뒤로 다가온 누군가가 시아의 팔을 확 잡아당겼다. 순식간에 그녀의 몸을 감싸안았다.

"귀한 도련님께서 어찌 파렴치한처럼 이러시오!"

그 준엄한 목소리에 도령은 순간 멈칫하고 말았다. 시아 또한 오싹한 한기를 느낀 사람처럼 바르르 몸을 떨었다. 비록 혹부리는 상민이나 그 목소리는 힘이 있어서 양반을 압도할 때도 있다.

"내가 뉜 줄 알고 이러느냐?"

어슬렁어슬렁 동네를 돌아다니며 기녀들이나 희롱하여 평판이 나쁜 수령의 장남이었다. 도령이 다시 시아의 팔목을 잡아챘다. 시아는 혹부리에게서 벗어날 수 있어 차라리 안도하는 느낌이었다. 그러나 혹부리는 다시 손을 뻗어 시아를 자신 쪽으로 확 잡아당겼다. 그 힘에 눌려 도령이 두 무릎을 꿇고 말았다.

"뭐 하는 작자냐?"

"소금 장수요."

"소금 장수?"

"반상 죄로 다스려야 하느니!"

앞에선 도령이 멱살을 잡고, 뒤에선 시아가 빠져나오려 기를 쓰고 버둥거렸지만, 풍채 좋은 혹부리는 끄덕하지 않았다.

"놓지 못할까!"

그대로 도령의 손이 혹부리의 머리통에 날아갔다. 순식간에 긴장된 기운이 에워쌌고 사람들이 동시에 침을 꼴깍 삼켰다.

"도, 도련님, 저자는 그 혹부리입니다요."

"저 혹부리가 그 거상 갑부?"

"그러합죠."

새로 부임하여 고을 사정에 어두웠던 수령의 아들마저도 혹부리가 바라 고을에서뿐만 아니라, 조선에서 알아주는 거상 갑부라는 것을 누누이 들었다고 한다.

"인사 올립니다. 조무영이라 하오."

혹부리가 한참 어린 조무래기 도령에게 머리를 조아렸다. 또다시 긴장감이 감돌았다. 시아는 고개를 숙인 혹부리의 눈이 번뜩이는 것을 보고 소름이 다 끼쳤다.

그 즉시 줄행랑쳤다. 살금살금, 도망치던 시아가 우물이 있는 뒤뜰에 도착할 무렵, 한 애기 기생이 다가와 수줍게 웃었다.

"봄꽃이 피었어요."

시아도 아이를 따라 고개를 끄덕였다.

"봄꽃이 피면 데리러 간다는 말을 잊지 말라고 하셨어요."

"…… 누가?"

"상공 어른께서."

순식간에 시아의 웃음이 사그라졌다.

"못 본 척헤디오."

"기다리고 계셔요. 여기예요!"

기생들이 우르르 몰려와 시아의 양팔을 붙잡았다. 막무가내로 끌려가다가 시아는 굳은 듯이 한 곳을 보기 시작했다. 문 창호지에 흔들리는 그림자가 눈에 들어왔다. 흔들리는 촛불 탓에 크게 번져 도깨비 그림자처럼 우락부락하게 보였다.

갑자기 나타난 옥미가 시아의 손을 잡고 방문 앞으로 데려갔다.

"행수님이 네게 오늘부터 오늘부로 상공 어른을 지아비라 여기고 섬겨라셔."

시아의 가슴이 철렁 내려앉을 정도로 기생들은 심술궂은 미소를 짓고 있었다.

"싫어."

"행수님 말을 거역하겠다는 거야. 은무가 사달이 나야 정신을 차리겠지? 그게 싫다면 들어가."

"놔, 놓으라고!"

기생들이 방안으로 거칠게 밀쳐 넣었다.

바닥에 철퍼덕 엎어진 시아를 두고 문을 닫아버렸다.

"열어!"

시아는 기생들의 기척이 멀어져가는 소리를 듣고 놀라서 문을 두드렸다. 아무리 애원해도 끝내 다시 열리지 않았다. 옥미의 발걸음 소리도 금세 허공으로 사라지고 서늘한 바람 소리만 울렸다. 시아는 문 앞에 웅크리고 앉아 한참 동안 문을 바라보았다.

옷이 바스락거리는 소리와 함께 자리에서 일어선 커다란 남자의 그림자가 보였다. 시선이 따라갔다. 뒤돌아보지 않아도 그 시선이 자신의 전신을 천천히 훑어 내려가는 것을 알 수 있었다.

"오지 마세요!"

"……."

물끄러미 그 그림자를 주시하던 그녀의 놀란 눈이 점점 커졌다. 남자의 그림자가 자신 쪽으로 다가오고 있다.

"……."

뒤돌아보지 않아도 그림자만 보아도 안다. 혹이 달렸다. 시아는 자기 무릎을 두 팔로 깊이 감싸며 고개를 숙였다.

"한잔하겠느냐?"

술잔에 술을 따른 후, 혹부리가 곧바로 한 잔 더 들이켰다.

"젊은 시절의 나는 운명을 피하고 싶었네. 그래서 달걀로 바위 쳤지. 바보스러울 정도로 끈질기게……."

어째서 저런 말을 하는 걸까.

"하나씩 이루어지더구나. 십벌지목이란 말처럼 숱하게 노력하면 못 쓰러뜨릴 나무가 없단 뜻이지. 그런데 이상한 일이지? 그럴 때마다 산 넘어 더 높은 산이 나타났다. 지금 와 생각해보면 순천명하지 못한 벌이었던 것 같구나."

"순천명이요?"

"되돌아보면 하늘을 거스를수록 고통스러워졌네."

혹부리 상공은 한 잔을 더 들이켠 후, 서안 위에 올려 있는 문기를 펼쳤다.

"너도 그러한지 한 번 보자꾸나."

"이쪽은 처사 진권의 수결일세. 누구신지 아느냐?"

혹부리는 글자 하나하나를 짚어 가면서 말을 이었다.

"네 부친이시지. 좌측에는 거간을 서 주신 이정 황명관의 수결 둔 것이다. 이 글자는 거선, 거선이 무엇인지 아느냐?"

"큰 배."

"잘 아는구나. 십오 해 전에 작성한 상선(商船)과 염전 양여서다."

"왜 제게……."

"네 어릴 적 일이니, 이해하기 쉽지 않겠지. 자, 한 번 쭉 읽어주마. 바라 고을에 사는 상인 조무영은 상선과 염전을 파는데, 고을 이정 황명관를 거간으로 삼아서 처사 진권에게 판다. 은자 일만 냥으로 금새를 정한다. 대금은 두 해 안에 지급한다. 혹 갚을 길이 없을 때는 빌려준 은자를 자손이 갚도록 한다."

"……."

"돌아가신 진 처사께선 가세를 일으키려 부단히 노력하셨지만, 내게 이리 빚을 지시고 허망하게 세상을 떠나셨지. 설마 배가 침몰하여 사라질지 뉘 알았을까."

애랑의 부친이 배를 타고 떠났다가 재앙 같은 폭풍을 만나 영영 돌아오지 못한 것 같았다.

"차마 부모 잃은 네게 말하지 못하였고, 되도록 송사는 피하고 싶어 지금껏 기다려왔네. '예로 다스려 소송이 일어나지 않게 경계하라'라는 공자님의 말씀을 금과옥조처럼 여겨온 나이지만, 이제 기다리는 것은 한계구나."

"……."

"이제 너도 훌륭히 성장하였고 그만 셈을 정리할 때가 된 것 같구나."

"갚을 수 있을 리 없잖아요?"

"한갓 여리꾼이었던 내가 이 손으로 천금을 희롱하게 되었다. 지금은 방귀깨나 뀌는 나이지만, 원래는 저잣거리에서 온갖 허드렛일을 하던 여리꾼에 불과했지. 그러다 큰 장사밑천을 구해와 염전과 어선을 매입했고, 소금과 건어물을 팔고부터 눈덩이처럼 재산을 불려 가 지금에 이르렀다. 헌데도 양반을 만나면 허리를 굽혀야 하지. 네 어미가 처사의 소실이었으니, 너는 양반의 서녀(庶女)이다. 오늘 그런 네 머리를 올리겠다."

시아의 얼굴이 단숨에 창백하게 질렸다. 그녀는 물러앉고 또 물러앉았다. 혹부리가 한 걸음 더 다가온다. 또 뒤로 물러앉으려니 벽에 등이 쿵 부딪히고 더는 물러설 곳이 없었다.

"……"

시아의 눈에서 눈물이 뚝 하고 떨어진 순간, 나뭇가지가 툭 하고 꺾이는 소리가 울렸다. 혹부리 상공의 무릎에 매화 꽃가지가 부러져있었다. 그는 꽃가지를 집어던지고 다시 다가왔다. 그 순간 이상하게도 시아는 그 꽃가지에서 눈을 뗄 수가 없었다. 자신이 저

속절없이 꺾이는 저 꽃가지와 다를 바 없는 걸까.

"대답하여라."

혹부리 상공이 후덥지근한 입김을 쏟으며 바짝 다가왔다. 그리고 붉은 손이 그녀의 뺨으로 뻗어온다. 그녀를 꺾으려고.

"…… 시, 싫어."

등잔불이 꺼졌다. 그러자 벽에는 온통 도깨비처럼 위협적인 그림자가 가물거렸다. 야음을 틈타 추근추근하게 밀착해 온 도깨비보다 두려운 혹부리가 머리끈을 풀었다. 곱게 묶은 머리를 풀고 머리를 길게 늘어뜨린다. 풍성한 머릿결에 손을 넣고 쓸어내리다가 시아의 어깨 위로 올라온 끈적이는 손을 올리고 어루더듬었다. 혹부리가 떨리는 그 가녀린 어깨를 잡고 바닥으로 눌렀다.

'도망가자.'

이상하게도 자꾸만, 자꾸만 애낭의 애타던 목소리가 머릿속을 맴돌았고, 언제부터인가 저 멀리 어딘가에서 두견새의 울음소리가 들렸다. 또 어떤 여자가 모진 구박을 받고 있으려나, 또 어떤 착한 여자가 무언가를 빼앗기고 있으려나. 이런 건 흔한 이야기일까. 흔한…….

****

"싫어!"

젖 먹던 힘까지 내어 무거운 혹부리 상공의 몸을 밀쳐내고 힘겹게 상체를 일으켰다. 벗어나야 한다.

"이리 오너라."

치미는 분노를 억누르는 듯 조무영의 숨소리는 거칠어졌다. 시아가 그를 밀치며 몸을 일으키려 하자 조무영은 그녀를 꽉 부둥키며 털썩 가슴에 얼굴을 묻었다.

시아는 분노를 참느라 입술을 깨물었다. 그때, 손에 차가운 무언가가 닿았다. 무언지도 모른 채 집어 들고 조무영의 머리에 내리쳤다.

"네가……."

와장창, 소리가 크게 울렸다.

"역겨워!"

조무영의 눈이 천천히 감겼다. 쥐 죽은 듯 잠잠해졌다. 그녀가 그의 어깨를 툭 밀치자 힘없이 털썩하고 바닥으로 엎어졌다. 비릿한 피 냄새가 진동했다. 바닥은 조무영의 검붉은 피로 물들어갔다. 시아는 자기 손을 내려 보았다. 벼룻돌이 쥐어있었다.

보고 싶지 않다.

자신도 모르게 발길이 방 밖으로 향하고 있었다. 양말을 신은 채 대청 아래까지 뛰쳐나온 시아는 대낮처럼 환한 교방을 둘러보았다.

"또 소금이 든 뒤웅을 들고 다니는 건가?"

"행수님이 잠이 안 온다니 별수 있나."

"그렇게라도 벌을 받아야지. 자고로 죄는 지은 데로 가는 법이지."

멀리서 하인들이 웅성대는 소리가 울렸다. 자신을 잡으러 오는 것만 같다. 달리기 시작했다.

그날의 온달은 참으로 둥글었다. 달이 너무 밝아 그 무엇도 숨길 수 없을 것 같은 날이었다.

"어둠, 어둠, 어둠……."

시아는 이 말을 되뇌며 무작정 어둠을 찾아 길을 헤맸다. 어느 순간, 빛과 어둠이 교차하고 분위기가 급변했다. 그곳에는 짙은 그늘이 져 있고 바깥채의 소란이 믿기지 않을 정도로 조용했다. 다만, 어디선가 울음소리가 들렸다. 마치 시아를 부르듯이.

"찾았어. 우물!"

그 소리에 이끌린 듯, 한 발 한 발 옮기다가 시아는 바깥채 쪽을 뒤돌아보았다. 불빛이 아득하게 느껴졌다. 이제 다신 저곳으로 돌아가지 않겠다.

3.

****

땅을 내려다보다가 하늘을 올려다보았다. 우물에서 자란 나무 넝쿨을 타고 내려갔다가 거의 아래까지 당도하고서야 우글대는 뱀의 존재를 눈치챘다. 섣불리 움직였다가는 바로 달려들 것만 같아 넝쿨에 매달려 오지도 가지도 못하는 처지가 되었다.

어디로 가야 하나? 어디로……. 아래로 가야 살 수 있는지, 위로 가야 살 수 있는지 도통 길이 보이지 않는 가운데 점점 손에 기운이 빠져가고 있다.

"어떡하나, 어떡하나, 어떡하나."

모든 걸 놓아버리고 싶은 유혹이 인다. 아래를 보아도, 위를 보아도 끝이 보이지 않을 정도로 까마득하고 갈피가 잡히지 않았다. 그저 저 멀리 도망하여야겠다는 생각이 든 순간, 머릿속을 가득 메우는 얼굴…….

"그건 아니 돼."

애랑. 은무.

다시 고개를 들고 달을 보았지만 구름마저 가려 보이지 않았다. 아쉬워하며 눈물이 가득 괸 눈을 다시 아래로 떨어뜨린 그때였다.

"진시아!"

맑은 목소리가 우물 안으로 날아와 메아리쳐 울렸다. 자신의 좌절한 마음이 만든 소리일까?

"진시아!"

다시 귓전으로 흘러들어오는 그 목소리를 따라 위를 올려다본 순간, 구름이 걷히고 달님이 휘영청 모습을 드러냈다.

애랑.

그 애가 왔다. 혼자가 아니라는 위안과 함께 가슴에 무어라 형언키 어려운 푸근한 기운이 감돌았다. 그 애의 모습은 달님을 바라볼 때처럼 밝고, 그의 등장과 함께 가슴속 두려움과 어둠이 싹 물러갔다. 그래서 이리 말할 수 있었다.

"왜 다시 왔어?"

"걱정되어서지."

애랑이 손을 툭 건드리자, 시아는 자신도 모르게 눈물을 줄줄 흘렸고, 자신이 저지른 일을 줄줄 고백하였다.

그녀가 우물 밖으로 나오자, 애랑은 시아의 발 앞에 무릎을 꿇고 앉아서 온통 흙투성이가 된 양말을 털어주었다. 왜 저러는지 의아할 정도로 애랑은 다정했다.

"츤데레?"

"무슨 뜻이야?"

애랑이 도끼눈이 되어 쏘아봤다.

"멋지단 뜻이야."

"그래? 같이 갈래?"

애랑이 다시 다정해졌다.

"어디든."

"좋아. 이번만 특별히 허락할게."

"뭘?"

"내 남자 등."

"정말 괜찮지?"

"괜찮아. 넌 나니까."

은무는 시아 앞에 허리를 숙여 업히라는 시늉을 하였다. 시아는 그의 등에 깊숙이 머리를 기대었다.

"사, 상공 어른! 이 무슨 변고라 말입니까요."

"…… 조용히 하라."

"어서 의, 의원에게 사람을 보내겠습니다요."

담 너머 멀리서 들려온 조무영의 목소리에 안도감과 동시에 두려움이 들었다. 다시 숨듯이 은무의 듬직한 등에 얼굴을 기대었다. 그에게 업혀 가면서 시아는 기방을 뒤돌아보았다. 아득히 멀게 느껴졌다. 애랑이 손을 꼭 쥐었다.

"가자."

****

어두운 산길을 꼬박 올라갈 생각에 까마득했던 그 밤. 산속에는 온통 바람 소리, 처량 맞은 새소리와 울부짖는 짐승 소리가 울렸다.

"그림자에……."

문뜩 뒤에서 비친 그림자를 보았다. 대롱대롱 혹이 달렸다.

"혹?"

시아는 오소소 몸을 떨며 눈을 깜빡여보았다. 눈 안 가득 혹부리의 피 범벅된 얼굴이 떠올라 가슴이 울렁거렸다.

"혹이……."

은무와 애랑이 걸음을 멈추고 시아를 내려주었다. 땅에 비친 것은 나무그림자였다. 그런데도 시아는 숨듯이 웅크리며 몸을 떨었다.

"잡으러 왔나 보다."

"다시 보아라. 혹이 아니라……."

"우, 우리를 해칠 거야. 어서 도망을……."

"설령 쫓아온들, 내가 그깟 혹부리 따위 겁내겠느냐?"

"넌 몰라. 얼마나 집요한지……."

"역모로 몰려 관군들을 따돌리고 구사일생하였고, 믿었던 매형에게 버려졌고, 바닷물에 빠져서도 살아남은 이 내가 혹부리를 무서워할 거라고?"

"우와! 산전수전 다 겪었네!"

 은무가 어딘가로 달려갔다. 퍽 하는 소리가 울렸다. 나무 위에서 솔방울이 툭 떨어졌다. 소나무에 매달린 솔방울을 다 떨어뜨릴 기세였다. 바닥에 어지러이 떨어진 솔방울을 한 아름 안고 와 시아의 눈물로 얼룩진 치마 위로 떨어뜨렸다.

"됐느냐?"

"그 눈빛, 그 배포! 과연 역적의 아들답네!"

"욕인지, 칭찬인지 모르겠군."

 그는 말하면서도 어깨를 으쓱였다.

"궁금해. 역적 이야기해 줘."

VI. 역적지자의 기개

1.

****

이름은 우은무. 스물둘 헌헌장부다. 동지부사로 백부가 연행 길을 올랐을 때, 자제 군관의 신분으로 따라갔다가 돌아온 지 한 해도 채 되지 않은 때다. 백부는 연행에서 다녀온 후에 그리도 원하던 자헌대부 우참찬으로 제수받았지만, 하루가 다르게 노환으로 쇠약해졌다. 그래선지 서책에는 관심 없이 벗과 어울려 다니는 일에만 열중한 은무를 꾸중하는 일이 잦아졌다.

한날은 그의 백부가 조용히 따로 불러 의외의 말을 하였다.

"내가 선 곳이 곧 하늘의 중심이라 믿어 의심치 않은 채 지금껏 좋은 자리에 있었다. 그대로 서 있는데, 뒤로 밀려나고 있다. 해가 바뀌었기 때문이다. 내게 내리비추지 않는다면 저 밝은 해가 다 무슨 소용인가. 내가 중심이지 아니하면 저 드넓은 은하가 다 무슨 소용인가. 저 해가 비껴간다면……"

그 당시에 은무가 알아듣지 못할 말을 하며 해만큼 밝은 달을 한참 동안 올려다보았다.

"무관이 되고 싶다 하였느냐?"

"예, 백부님."

"허락하마."

지금껏 문관이 되어야 한다고 하던 백부가 아니었던가.

"지금 당장 청으로 가서 무예를 연마하여라. 스승을 물색해 두었다. 과(科)를 보기 전까진 돌아오지 말아라."

"이곳에서 준비해도 충분합니다."

"그것도 그거지만, 청에 가는 대로 만석 아범을 찾아가 받아올 서신이 있느니."

"다른 사람에게 시킬 수 없는 겁니까?"

"그렇다. 어서 가보아라."

은무는 어찌 자식 된 도리로 병든 아비를 두고 멀리 갈 수 있느냐고 고개를 저었다.

"소자는 백부님 곁을 지키겠습니다."

"호랑이가 물어가도 시원찮은 놈! 그리 효자라 방탕을 일삼아 내 속을 썩였던가! 네 아비 어미의 얼굴을 볼 낯이 없어 이대론 구천에도 못 가게 생겼다."

"아무리 그러셔도……."

"이 아비의 뜻을 따르겠느냐?"

백부는 온몸을 들썩이며 기침을 토해냈다. 백부의 적삼 고름에 피가 묻어있었다. 피를 토하며 간곡하게 명하는데 어찌 그 뜻을 저버리겠는가.

"따르겠습니다."

그제야 안도한 듯 백부는 은무의 두 손을 꼭 쥐며 오래도록 바라보았다.

"예, 백부님."

"마음이 흐트러질 때마다 달을 보아라. 그러면 아무리 어두워도 길을 잃지 않을 게다."

그리 말하며 백부는 인제 그만 쉬어야겠다는 듯 이부자리에 누웠다.

은무는 백부의 명에 따라 삼천리 머나먼 타국으로 가서 만석 아범을 만났고 그가 안내한 인적 드문 산벽소로 들어가 수련하였다. 헌데 희한하게도 저 만석 아범은 서신에 관해 물으면 곧 준다며 말만 할 뿐 도통 주려는 기색이 없질 않은가.

"나를 기만하느냐!"

"대감님께서 한 해가 지나면 주라 명하셨으니 전들 어쩌오. 도련님요, 그러지 마시고 예서 진득하니 수련하여 조선 최고의 명검술사가 되어보시오. 아예 쇤네와 예서 살아도 좋고……."

"미친 게로군."

"멀쩡합니다요."

"솔직히 말해보게. 잃어버리고서 벌받기가 두려워 미루는 게 아니더냐?"

은무는 만석 아범의 멱살을 거머쥐고 흔들어주었다. 그러자 만석 아범은 별수 없다는 듯 서찰을 건넸다.

"바라로 가라? 조무영, 석공 채 씨에게 맡겨둔 것을 돌려받으라니?"

서찰을 펼친 은무는 아리송한 말에 갸우뚱하고 있었다. 그들을 찾아가라고 쓰여 있을 뿐 무엇을 받아야 하는지는 쓰여 있지 않았다. 다만, 석공 채 씨부터 찾은 후에 조무영을 찾아가란 당부가 덧붙여있다.

"도련님, 숨고 싶으면 언제든지 이 만석 아범에게 오시오!"

"역시 미친 게로군. 간다!"

정신이 나간 것만 같은 만석 아범을 뒤로하고, 한 달 하고도 보름이 걸리는 삼천리 길을 되돌아 한양으로 갔다. 간간이 백부의 서신을 펼쳐보곤 했지만, 도통 그 뜻을 헤아릴 수 없었다. 은무는 집에 당도하고서야 그 뜻을 깨달았다고 한다.

****

귀향하여 보니 세상은 달라 있었다.

늘 방문객들과 종들로 떠들썩하던 대문간에 그 누구 하나 나와 있지 않았다. 저녁노을에 붉게 물든 대문을 두드려보았지만, 안쪽에서도 기척이 없었다. 개미그림자 하나 얼씬거리지 않고 오로지 그 자신의 그림자만이 어른거리자 문득 장난기가 발하여,

"나그네 밥 한술 얻어먹으려 하오!"

잠잠하다. 저 멀리 뒷산에서 까마귀의 울음소리만 사위스레 들려온다. 무언가 잘못되었음을 예감한 바로 그때,

"거 나그네, 밥 한술 얻어먹으려다 사달 나네."

"이 가문이 그리 야박하지 않을 터인데?"

"어디 산중에라도 있다 왔나? 어이 그리 소식이 깜깜하단 말인가!"

두 행인이 쯧쯧 혀를 차며 고갤 내저었다.

"거긴 역적 작당의 집일세."

"허튼소리 말고 가던 길이나 가라."

"거, 답답한 사람일세. 그 가문은 끝났네. 우 대감이 좋한 지 한 달이 채 안 되이 시달 났네. 딸은 이미 출가한 덕분에 화를 면하였지만, 대를 이를 수양아들마저 호랑이에게 물려 죽었다지."

그 수양아들이 바로 자신이다. 미친 행인이 분명하다.

"기세등등한 가문도 시절의 풍파와 화마 앞에서는 꼼짝하지 못하느니."

행인들이 불길한 말을 남기고 사라지자마자, 은무는 담을 타고 넘어 집안으로 뛰어들었다. 순간, 너무나도 망연하여 악몽을 꾸는 것만 같았다.

사랑채, 안채, 별채 그 어디를 가도 풍파가 휩쓸고 간 듯 가재도구가 어지러이 뒤엉켜 난장이 되었다.

"누, 누구 없느냐?"

곳곳마다 비어 있는 적막뿐이다. 그 많던 가족과 방문객, 노비들은 다 어디로 가고 적막만이 남았는가!

불안감에 휩싸여 백부의 사랑방으로 뛰어든 순간, 두렵도록 아비의 죽음을 실감하고 눈물만 죽죽 흘렸다. 그 고절했던 곳은 더러운 발자국들로 무참히 짓밟혀 있었다.

"백부님……."

울먹이던 목소리는 금세 허공으로 사라지고 또다시 그 무섭도록 무거운 적막에 휩싸였다. 은무는 날이 어둑해지도록 그 자리에서 꼼짝하지 않고 고개를 숙이고 있었다. 삐거덕, 삐거덕 방문이 바람에 흔들리는 소리만 을씨년스럽게 울리던 어느 순간, 난데없이 들려온 저벅거리는 발소리…….

은무는 조용히 검을 꺼내 들고 병풍 뒤로 숨었다. 이내 곧 창호지 침입자의 그림자가 비치었다. 펄럭이는 구군복을 입고 손에 긴 환도를 가로쥐고 있는 걸로 보아 무관이었다.

삐거덕거리며 문이 열리는 소리가 들린 후, 침입자의 차분한 발소리만 울렸다. 그는 무언가를 찾듯 물건을 휘적거렸고, 발로 집어 차기도 했다. 신을 신은 채로······.

자신도 모르게 심호흡을 내뱉고 말았다. 순간 침입자의 시선이 병풍 쪽으로 향했다. 아주 작게 숨소리를 냈을 뿐인데도······. 침입자가 조심스레 다가오고 있다. 은무도 조용히 병풍 밖으로 다가갔다. 공허한 바람 소리에도 가슴을 졸이면서도······.

거센 바람이 불어와 뒤엉켜있던 가재도구가 쿵 하고 벽에 부딪혔다. 빠르게 뛰어나가 한 치 망설임 없이 검을 들고 맞섰다. 서릿발처럼 냉담한 검은 눈동자와 눈이 마주친 순간에 땡그랑, 두 칼날이 맞붙이는 소리가 크게 울렸다.

"무얼 찾는가?"

"그댄 누군가?"

동시에 소리쳤다.

칠흑 같은 어둠 속에서 검을 맞대고 마주 보던 그 찰나, 서늘하게 날을 세운 검만이 번쩍였다. 검을 맞부딪치며 내내 회심의 일격을 노리지만, 그자에게선 도무지 빈틈이 보이지 않았고 어느 순간 날렵한 검기에 밀려 방어하기에도 급급하였다.

"우 대감의 아들이라면 청국으로 가라."

"뭐라고?"

"그리 전해달라더라."

"누가?"

"……"

다시 침입자와 검을 맞댄 일순간, 전신을 덮치는 듯한 충격을 받았고 댕강거리는 소리와 함께 은무의 검이 부러졌다.

"살아 나갈 수 있다면."

서늘하게 날을 세운 검이 번쩍인다. 등골이 오싹하게 만들만치 위협적으로 느껴졌다. 은무는 창밖을 힐끗 돌아보았다. 그때, 천우신조처럼 검은 연기가 창문 사이로 쏟아져 들어와, 은무의 몸을 숨겨주는 것이 아닌가! 은무는 때를 놓치지 않고 창밖으로 튀어나가 그대로 나무 위로 훌쩍 뛰어올랐다.

마당을 내려다보았다. 눈앞에 보이는 모든 것은 붉은빛이다. 사랑채 가옥 옆에 쌓아둔 짚 더미에서 검은 연기가 내뿜고 있었고 순식간에 바람을 타고 가옥으로 불이 옮겨붙어 불길이 치솟고 있었다. 그 주변에는 웅성대는 그림자들이 보였다. 나졸들의 손마다 붉게 타오르는 횃불이 들려있다. 그 모습은 마치 어둠 속에서 휘나타난 도깨비불이 이리저리 제멋대로 춤을 추는 것만 같다.

이 많은 사람 중 그 어디에도 이 고풍스러운 대가옥의 편은 없다. 그 순간 그는 적진 속에서 홀로 있는 장군처럼 깊디깊은 고독감을 느꼈다.

"선전관 나리!"

그 낯선 침입자가 옷자락을 펄럭이며 화마가 휩쓰는 곳으로 나오자, 마당에서 힘찬 함성이 울렸다.

"나졸들의 실수로 불이 붙고 말았습니다."

"일벌백계로 삼도록 하지."

백부가 평생 이룩한 그 모든 게 잿더미가 되어 흔적도 없이 사라질 것이다. 그 처참한 모습을 은무가 나무 위에서 고스란히 지켜보는 동안, 가옥은 자신의 숙명을 받아들이듯 수월히 타들어 간다.

"찰나에 잿더미가 되는군. 인생사 새옹지마로다."

마당 한중간에 서서 화마가 휩쓰는 광경을 바라보는 그 침입자의 입가에는 잔잔한 미소가 흐르고 있던 것 같다. 그 말을 듣노라니, 가슴 깊숙이에서 밀물처럼 닥쳐드는 두려움과 분노로 심장이 뛰고 있었다. 적의가 불타는 눈으로 그자를 쫓았다.

침입자는 한 발 한 발 은무에게로 다가오고 있었다. 손에 진땀이 흐를 만큼 긴장하였지만, 바로 아래까지 다가왔다가 유유히 스쳐 지나갔다. 순간 그 사내의 얼굴을 두 눈으로 똑똑히 보고 싶다는 거센 충동이 일어나 휘파람을 불고 말았다.

"이리 다오."

나졸의 손에서 횃불을 건네받은 그자가 나무 위를 올려다보았다. 나무 위를 반하게 올려다보던 그자의 얼굴은 괴이하도록 아름다웠다. 은무를 마주 보며 짓던, 마치 도깨비와도 같이 괴이하도록 아름다웠던, 그 미소를 죽어서도 잊지 못할 것 같았다.

"활을 다오."

"예?"

"쥐새끼가 있다."

은무는 그대로 담벼락 너머로 뛰어내렸다.

담 밖에는 백성들이 삼삼오오 모여 기웃대며 웅성대고 있었다. 그가 군중들 사이에 섞였을 때, 와 하는 성난 함성과 함께 대문 밖으로 검은 그림자들이 쏟아졌다. 은무는 자신이 어디로 가는지도, 어디로 가야 하는지도 모른 채 무작정 연기 속을 달렸다.

"어디로 가야 합니까? 어디로……."

하늘을 보았지만, 달마저 보이지 않는 더없이 어두운 밤이었다. 잿더미가 되어가는 가옥이 내뿜는 검은 연기로 한양이 먹구름을 낀 듯하다.

****

다급히 걸음을 옮기던 사이, 나졸들의 모습이 보일라치면 그 당당했던 발걸음은 숨기 바빴고, 발밑으로 내려다보던 백성들의 눈길과 마주칠라치면 호통하는 것처럼 두려움을 느꼈다. 검은빛 연기가 사라지고 나서야 걸음을 멈추고 세상을 둘러보았다. 눈앞의 모든 것이 빛을 잃고 어둠이 내려있다.

갈 곳이 없다. 이 드넓은 세상에 그 어디에도 갈 곳이 없다. 홀로 이 거대한 세상을 어찌 헤쳐 갈 것인가.

힘없이 고개를 숙인 은무의 눈에 낯선 그림자가 보였다. 뒤따라온 매형과 패당들에게 붙잡혀 바다에 버려졌다.

Ⅶ. 풀꽃 밭에서 꾼 꿈

1.

****

"관군을 피해 도망하였다, 멍석에 말려 몽둥이찜을 당하였다, 풍랑을 만나고도 살아남았다. 그때마다 다시금 태어났다. 그것은 윤회와 다를 바가 없지."

은무는 암벽뿐이 보이지 않는 곳에서 걸음을 멈추었다. 그가 무성하게 자란 수풀을 헤치자 그 뒤로 숨겨진 작은 입구가 드러났다.

망매동굴이라 했던가. 어느 노파가 도깨비가 산다고 말해준 바로 그곳인지도 모른다. 이 근방으로는 사람들이 오지 않고, 설령 왔더라도 수풀에 가려있어 동굴이 있는지 모른 채 지나갔다. 그래서 그는 이곳을 은신처로 삼았다 한다.

"들어가자."

밖은 낮이건만, 동굴 안은 밤이었다. 어둠도 두려웠지만, 저 안에서 소리가 울렸다. 마치 울음소리처럼 들렸다.

"도, 도깨비?"

"여긴 없다."

불을 켜며 그가 말했다.

"다른 곳에서는 본 적 있어요?"

"보았지."

"어땠나요?"

"잘생겼더군."

"도깨비가요?"

그의 황당한 말에 시아는 웃고 말았다.

"아름다웠다."

"여자 도깨비군요?"

"남자다."

"착한 도깨비군요?"

"아니, 손이 사시나무처럼 떨릴 정도로 무서운 놈이었다."

시아가 다시 웃었다. 그가 도깨비 따위를 무서워할 리가 없을 것이다.

모포 위에 몸을 눕혔다. 시아는 그날의 고된 여정을 마치고 지그시 눈을 감았다. 동굴의 서늘한 찬 기운이 등을 타고 올라온다. 고요함을 뚫고 천장에서 물방울이 뚝뚝 얼굴 위로 떨어진다.

시아는 가만히 애랑과 은무를 보다가 두 눈을 감았다. 깜빡 잠이 들고 깨어나니 그들은 안 보였다. 동굴 안쪽으로 들어갈수록 길은 넓어졌다. 물소리와 가까이 들렸고, 어느 순간 빛줄기가 보였다.

"애랑아!"

빛이 쏟아지던 틈새로 나가니 눈앞에서 폭포가 떨어지고, 그 뒤로 계곡이 펼쳐졌다. 계곡의 둘레에는 울창한 해송들이 둘러싸고 물 안으로는 고운 자갈이 깔려 있다.

"도깨비가 아니라 신선이 살 것만 같아."

그들과 여기서 살고 싶다고 꿈꾸었을 정도로 안개 낀 계곡은 아름다웠다.

풍덩!

시아는 망설임 없이 물속으로 뛰어들었다가 그 자리에 풀썩 쓰러졌다. 저 하늘의 뭉게구름처럼 완만히 흐르는 물 위에 표표히 몸을 싣고 흘러가게 내버려두었다. 찰랑찰랑하며 몸에 와 닿는 물이 아늑하다. 그러던 어느새 그녀의 몸은 꽝꽝한 폭포 소리가 귀청을 때리는 거암에 닿아있었다.

그들이다. 뭘 하는 거지?

은무의 잘 그을린 몸을 머리에서 발 끝까지 훑어봤다. 그가 천천히 상체를 세우자, 복부 아래까지 드러났다. 그의 배꼽 아래에 시선이 닿자, 시아의 가슴이 뛰기 시작했다.

망측하여라!

실오라기 하나 걸치지 않은 몸으로도 당당한 그의 모습에 자신도 모르게 감탄하고 말았다. 맨몸으로도 이 큰 자연 속에서도 조금도 주눅 들지 않는 당당함이란! 그는 굴레 벗은 말 같았다.

"한순간, 한순간 다하고 싶다."

"무얼?"

"보고 싶은 것, 하고 싶은 것 전부 다……."

"왜?"

"언제 마지막이 될지 모른다. 어쩌면 내일일지도 모른다. 이런 생각이 드는 날이면 애가 타서 한순간 원 없이 사랑할 수밖에 없다. 애랑, 너도 나와 같으냐?"

"같아."

애랑은 그리 말하며 너럭바위 위에 올라가 그에게 손을 내밀었다. 그가 다가오자 애랑이 그의 손을 꽉 붙잡았다. 그는 서서히 그의 몸 위로 올라와 양손을 꽉 잡았다.

"옛날이 더 야했나?"

어떻게 된 게 현대인인 시아보다 남녀칠세부동석 시대의 저 두 사람이 더 자극적이고 노골적일까?

"아무리 그래도 밖에서 저러는 건 좀……."

그들과 달리 시아는 아직은 세상의 굴레에 속박된 사람이었다.

시아가 죄책감에 눈을 감자 폭포 소리가 아련하게 울렸다. 그들의 숨소리가 들렸다. 그들의 길디긴 숨결이 잔잔한 물결처럼 느릿느릿하게 밀려왔다.

두 몸이 바짝 겹치자, 시아는 고개를 돌리며 짙은 물안개에 에워싸인 계곡을 응시했다. 저 안개 속에서 무서운 것이 불쑥 튀어

나올 것만 같았다.

고요했다. 바람 소리일까.

새 울음소리가 가까이 들렸다. 시아는 천천히 주변을 둘러보았다. 안개 낀 산속, 사방이 하얗다.

삐삐삐.

새의 날카로운 울음소리에 고개를 돌린 애랑은 시아를 발견하고 고추보다 매운 눈으로 쏘아보았다.

"되바라져선!"

"미, 미안."

애랑에게 꿀밤을 먹으면서도 왠지 모르게 안심이 되었다. 왜 그런지는 자신도 이해되지 않았지만, 저 애랑은 못되게 굴어야 제맛 같았다.

2.

****

산 곳곳에 이름 모를 들꽃이 만발해 있다. 꽃향기를 머금은 대기를 깊숙이 들이쉬자, 이상하게도 가슴에 안타까움이 가득 찼다. 어째서 안타깝냐면, 곧 사라질 것을 알기 때문이다.

"이 꽃도, 이 그림자도……."

시아는 들꽃이 보일 때마다 걸음을 멈추었고, 너울거리는 그림자가 보일 때마다 뒤돌아보았다. 마치 살날이 정해진 사람처럼 아름다운 것을 볼 때면 애틋했고 하루하루가 지나는 게 애달팠다. 지금 순간이 이곳에서 마지막으로 맞이하는 날일지도 모르기 때문일 것이다.

그래서 봐두어야 한다, 이 아름다운 봄을. 그래서 매일 아침 은무를 따라서 산을 오를 수밖에 없었다.

은무는 산짐승처럼 온 산을 돌아다녔다. 아마도 이 바라의 그 누구보다 이 산속을 속속들이 잘 알 것이다. 어쩌면 그는 이 산을 자기의 영지라고 여기는지도 모른다.

"날씨 좋다!"

애랑이 활짝 웃었다. 시아는 자신과 닮았지만 너무나 다른 전생의 자신, 애랑을 보며 고개를 갸웃거렸다.

부모님이 돌아가신 후부터 자신의 감정을 억누르고 숨기며 살아온 시아와 달리 애랑은 무엇이든 표출했다. 그것이 아름다운 것이든, 못난 것이든 상관없이 다 드러냈다. 애랑에게 저런 성향이 있다면 자신에게도 있는 게 아닐까. 따라 해 보기로 했다.

"애랑, 넌 너무 못됐어!"

"그런 말 하는 시아 넌 너무 착한 척해서 재미없어."

"착한 척 아냐! 할아버지, 할머니께서는 내 천성이 천사 같다고 하셨어."

"천사?"

"보살 같은 분!"

"오호! 근데 똑같이 생긴 난 왜 못된 걸까?"

"나는 너처럼 못돼지고 싶은걸? 어떻게 해야 못돼져?"

"누군가 네 손등을 할퀴면, 그 즉시 상대의 머리채를 잡겠다! 이런 마음을 가져야지."

"이렇게?"

"진시아! 당장 못 놓아!"

"하하하!"

시아는 잡고 있던 애랑의 머리채를 살며시 흔들었다. 신기하게도 마음이 홀가분해졌다. 아니, 그 정도가 아니었다. 대체 이 감정은 무엇일까? 처음으로 느껴보는 종류였다.

"봐! 할 수 있지? 나만 따라 하면 자유로울 수 있단 말씀!"

"자유?"

가슴이 철렁했다.

이곳에 와서 처음으로 '자유'를 얻었다는 사실을 깨달았다. '자유'의 느낌은 청량한 탄산음료 같기도 했고 파란 하늘을 떠다니는 분방한 구름 같기도 했다.

"여기부터는 산길이 거칠다. 기다려라."

은무는 신초를 구해오겠다며 달려갔고, 순식간에 그의 모습이 사라졌다.

조용했다.

푸른 풀잎과 동그란 흰 꽃 위로 고요한 햇살이 내리비추었다. 그녀들은 토끼풀꽃 위에 말없이 앉았다. 느슨한 바람이 간간이 불어오는 동안, 정적은 더 단단해져 갔다. 마치 세상에 시아와 애랑만이 존재하는 듯했다.

"이 순간을 영원히 기억할 거야."

시아의 말에 애랑이 콧방귀를 꼈다.

"이까짓 게 뭐라고?:

"마치 세상에 너와 나만이 존재하는 것 같아서 평온해. 이 그림자가 있는 이상, 이젠 외롭지도 두렵지도 않을 거야. 언제나 네가 나를 지켜줄 테니."

시아는 이 점을 깨닫기 위해서 사신이 진생에 온 건지도 모른다는 생각이 들었다.

"날씨 좋다!"

시아가 풀 위에 가만히 몸을 눕혔다. 그런 시아를 내려다보던 애랑은 불현듯 눈살을 찌푸렸다. 눈물이 시아의 뺨을 타고 내려오고 있었다.

"왜 울어?"

"꿈을 꾸었어."

"어떤 꿈?"

"깊은 산속 버려진 집에서 살며 은무는 나무꾼이 되고, 너는 여염집 아낙이 되어 아들딸 낳고 사는 그런 꿈."

"그런데 왜 울어? 질투 나서?"

환하게 미소 짓는 애랑의 시선과 눈이 마주치자, 시아의 가슴속에 무언가 안타까움 같은 게 가득 찼다. 전에 없이 애틋한 감정에 휩싸여 시아는 잠시 망설이다가 말했다.

"이 순간, 이 천지가 모두 멈추었으면 좋겠어."

"왜?"

"죽어."

"누가?"

"너와 은무."

"어째서?"

애랑의 두 눈에 눈물이 그렁그렁 맺혀있었다.

"미안해. 고작 꿈이야. 신경 쓰지 마."

"그렇겠지?"

"그럼! 난 악몽만 꿔. 그래서일 거야."

****

동굴에 도착하자마자 은무가 애랑의 손바닥 위에 비녀를 올렸다. 초승달 모양의 비녀 머리에 북두칠성 문양이 새겨있다.

"참말 곱다!"

은무는 가지런히 올린 애랑의 머리끝에 은빛 비녀를 꽂아주고선 면경을 보여주었다.

"……"

애랑은 면경을 들고 한참 동안 자기 얼굴을 들여다보았다. 머리를 올린 모습이 생소하게 느껴졌나 보다. 머리를 올리고 은무의 지어미가 되었다는 사실이 믿기지 않다고 했다.

"시작하자."

그는 애랑을 향해 절을 올렸다. 애랑이 의아한 눈길로 쳐다보자 은무는 씩 웃으며 어서 하라는 듯한 눈짓을 보냈다. 애랑은 눈시울을 붉게 물들이며 조용히 일어서서 은무를 향해 절을 올렸다. 다시 신랑이 절을 하고 신부가 화답했다.

"여기!"

드라마에서 본 적 있다. 시아는 서둘러 술병과 표주박 잔을 가지고 왔다. 서로 한 모금씩 나눠 마신 후, 마주 보던 은무와 애랑의 눈은 금방이라도 눈물로 적실 것만 같았다.

"부인."

"낭군님."

누가 먼저랄 것도 없이 부둥켜안았다. 가족도, 친지도 없이 시아만이 자리한 조촐한 혼례를 치렀는데도 가슴 가득 따스함이 번져간다.

****

"곱다."

시아는 계곡 가까이 나와서 멀리 벽에 비친 신랑, 신부의 모습을 잠시 지켜보았다. 화촉을 밝힌 그들의 그림자가 참 곱게 보였다.

동굴 벽에 두 개의 그림자가 드리워졌다가 어느새 하나가 되었다. 은무가 애랑의 손을 잡고 이불 속으로 데리고 들어갔다.

시아는 조용히 고개를 돌렸다. 등 뒤로 또다시 두 사람의 나직한 웃음소리가 들렸다.

"오늘은 꽃잠 자."

3.

****

"다녀올 곳이 있다."

"어디?"

"먼 곳."

"나도……."

"안 된다."

"어째서……."

"석공 채 씨라는 노인에게 백부님께서 맡긴 것을 받으러 가야 한다. 길이 험하다."

"안 가면 안 돼?"

"내 여자와 백부의 돈을 두고 혹부리가 싸움을 걸 이상 피하진 않을 게다. 그러기 위해서 석공 채 씨를 반드시 찾아야 한다. 필시 조무영을 해치울 덫을 가지고 있을 게다."

"몇 밤?"

"열 밤."

눈물 머금은 애랑의 얼굴이 순간 환해졌다.

석양빛이 짙어질 무렵, 세 사람은 손을 잡고 산길을 걸었다. 헤어지기 싫은 마음에 그녀들의 발걸음이 한없이 무거워지다가 멈춰버렸다. 그런 마음도 모르고 은무는 걸음을 재촉하곤 했다.

"……."

어째서 그리 서두르는지 묻고 싶지만, 애랑은 아무 말도 하지 않았다.

"그 약조는 잊지 마."

"금세 다녀오마."

이지러지다 가득 차길 반복하는 저 달처럼 지금 잠시 떠나더라도, 결국 은무는 다시 여기에 돌아와 있을 것이다. 어디로 가든 결국 이 여인에게 돌아오기 위한 떠남이 될 터이니, 이제 애랑이 있는 곳이 은무의 고향이다.

"다녀오면 떠나자."

"그 말 지켜야 해."

그는 그 약조를 지키기 위해서 힘껏 달릴 것이다. 그 마음이 험한 산골 몇십 리 길도 꼬박 쉬지 않고 달리게 할 것이다. 산 고개, 고개를 넘다가 으슥한 밤이 되면 큰 나무에 기대어 잠을 청하려 할 것이다. 흰 달을 보며 애랑의 얼굴을 떠올릴 것이다. 그러다 보면 산적들의 소굴을 찾을 것이고, 석공과도 만나게 될 것이다. 그리고 다시 바라에 돌아와 있을 것이다.

"간다."

은무는 걸음을 재촉했다. 조금만 천천히 가면 좋으련만.

"은무……."

있는 힘껏 달려가는 그의 모습은 당장이라도 훌쩍 달로 날아갈 것만 같았다. 애타게도 그는 어둠 속으로 멀어졌고, 은무의 모습은 어디에도 보이지 않았다. 달로 사라진 것만 같았다.

훌쩍훌쩍.

애랑이 울음을 터트렸다.

"하늘 봐."

하늘을 본 그 순간, 달님은 참으로 둥글었다. 그 달을 본 애랑은 눈을 뜬 채 더없이 아름다운 꿈을 꾸었다고 한다. 물에는 물고기가 풍족하고, 땅이 비옥해 과실이 주렁주렁 자라고, 온갖 들꽃이 핀 아름다운 낙토에서 은무와 함께 머루와 달래 먹고 사는 아름다운 꿈을 꾸었다고 한다.

VIII. 큰 행운

1.

****

 애랑은 먼 길 떠난 은무의 기복(祈福)을 빌며 청실홍실로 그 고운 마음을 담아 올올이 수놓았다. 청실홍실로는 한 땀, 한 땀 수놓느라 자신을 부르는 말소리를 듣지 못하였다.

"어떻게 그렇게 밤낮없이 바느질해?"

"……."

 그 일이 삶의 이유라는 듯 명주옷에 정성을 기울여 바느질하는 애랑의 모습이 시아에겐 답답하게 보였다. 아니, 하루 종일 말 한마디 없이 저고리에, 바지에, 버선까지 지어내는 모습이 소름 끼쳤다.

"쉬엄쉬엄하래도."

"서둘러야 해. 은무가 돌아오기 전에 다 지으려면."

"그 청실홍실은 뭐야?"

"북두칠성을 수놓아보았지."

"이제 그만하고 쉬어."

어디선가 타박타박 말발굽 소리가 울리자마자 시아와 애랑이 서둘러 밖으로 달려 나갔다.

곧 안개를 헤치고 눈처럼 흰 백마가 나타나 시아와 애랑이 서 있던 사립문 앞으로 다가와 섰다. 그 백마 위에서 가만히 그녀들을 내려다보던 남자 또한 무척이나 수려하였다. 그 사내도, 백마도 눈이 부실만치 반드르르 빛나 보여서 이 세상의 것이 아닌 것처럼 신비롭게 느껴졌다.

"신령님이세요?"

그는 애랑의 황당한 말에도 반하게 쳐다보며 웃기만 했다.

부끄럽기 그지없지만, 그 순간만큼은 그 남자를 신령님이라 착각한 걸 부정할 수 없다. 왜냐하면 마치 빛이 되기 위해 태어난 사람처럼 그의 모든 것이 밝게 빛났다.

"촌 낭자들은 나리만 보면 그러더라."

말 뒤에 봇짐을 잔뜩 진 수하로 보이는 남자가 뒤따라와 시아를 가리키며 비웃었다.

"거기 고운 낭자가 보기에 이 내가 사람이라 믿기지 않을 정도로 잘생겼더냐?"

"그래요."

시아는 솔직히 감탄하였다.

"인물이야 조선에서 둘째가라면 서럽지! 그럼 뭐하오? 등가죽이 뱃가죽에 붙었는데!"

"낭자들, 염치없지만 밥 한술 얻어먹을 수 있겠느냐?"

꼬르륵꼬르륵, 두 남자의 뱃속에서는 천둥소리처럼 크게 울렸다. 그 미목수려한 나그네는 얼굴을 약간 붉히고 있었고, 그의 수하는 천하에 불쌍한 눈빛으로 그녀들을 응시하고 있었다. 사람됨이 가벼워 보이나 나쁜 사람들은 아닌 것 같았다.

"들어오셔요."

말에서 내려온 나그네는 은무만큼이나 기골이 헌칠하였다. 슬그머니 다가온 그 수하 또한 덩치가 큼지막하였다.

나그네는 개켜둔 옷가지를 들었다가 고개를 갸웃거렸다. 고운 명주에 북두칠성이 수 놓여있다.

"이 북두칠성이 낭군이더냐? 하늘의 별 중에서 가장 밝은 별이라니 대단한 사내인가 보군."

"다 드셨으면 그만 가보세요."

"간에 기별도 안 가서 기운이 없구나. 혹시 메밀국수 같은 건 없느냐?"

"없습니다. 그럼, 팥죽은 어떻사옵니까."

"팥을 싫어하네."

"잠깐! 메밀을 좋아하고, 팥을 질색한다니……. 도깨비세요?"

애랑의 말에 두 사내는 황당하다는 듯 피식 웃었다. 화난 애랑의 얼굴이 불타는 장작처럼 발개졌다.

"대체 어째서 손바닥 뒤집듯 신령님에서 도깨비로 바뀐 것이냐?"

"하는 짓이 밉살스러워서지요."

"허허, 아낙의 극진한 대접 잊지 않겠다."

"…… 비꼬는 건가요?"

애랑이 따졌다.

"그럴 리가! 그보다 이 고을 최고 부자는 누군가?"

"조무영입니다."

"고마우이. 이 은혜 잊지 않으마."

그들은 자리를 털고 일어나 자신들 말에 훌쩍 뛰어올랐다.

"이랴!"

순식간에 말을 타고 사라졌다.

****

다음 날이 밝았다. 은무가 오기로 한 날이었다. 그를 마중하러 걸음을 옮기던 그녀들이 걸음을 멈추었다. 묵직한 걸음 소리가 들린 것 같다. 잔뜩 긴장하여 발걸음 소리의 주인이 나타나길 숨죽이고 기다리노라니 불쑥 나그네가 나타났다.

"길을 잃었네. 안내해 주지 않겠느냐?"

시아는 고개를 저으며 어서 나그네가 지나가기만 기다렸다.

"곱구나."

어째서 그의 시선이 시아에게 향해 있는가? 시아는 얼굴이 벌겋게 달아올라서 서둘러 걸음을 옮겼다. 그러자 나그네가 뒤따라왔고 어느새 나란히 걷고 있었다. 시아는 입술을 자근자근 물었다.

"어째서 자꾸 따라와요?"

"경치가 좋아 구경하네."

찬찬히 둘러보던 눈길이 이번엔 애랑에게서 멈추었고 특유의 느질느질한 미소를 지었다. 애랑이 걸음을 멈추고 쏘아보자, 알겠다는 듯 나그네가 앞질러 갔다.

"헌데 수상하구나. 어째서 나를 피하려 하지?"

"나리아밀로 수상하지요. 사람들에게 오해받게 만들려 하세요? 이리로 가시면 되옵니다."

애랑이 말했다.

나그네의 얼굴에는 웃음이 걷혀있었다. 정체를 알 수 없는 남자와 이 으슥한 산속에서 이러고 있는 것이 못 견디게 두려워지기 시작했다.

"내 그대들을 따라온 건 다른 뜻이 아니라 한 가지 확인할 것이 있어서 왔네."

"무엇입니까?"

"그쪽 낭군의 함자가 어떻게 되느냐?"

"어째서 그런 걸 묻습니까?"

"없애버리게."

이 무서운 말을 하면서도 그는 눈을 빛내며 웃고 있었다.

"아, 물론 공심(公心)으로 하는 일일세."

공심?

"자, 답해보아라. 그대 낭군은 역적의 아들이 아니더냐?"

"……"

시아는 어쩌면 지금 눈앞에 있는 이 남자가 바로 아름다운 도깨비일지도 모른다는 생각이 어렴풋이 들었다.

"어찌 사람 얼굴을 보고 도깨비라도 본 듯 얼굴이 새파래지느냐? 민망하게."

"……."

처음 이 나그네를 봤을 때는 장난스럽게 느껴졌지만, 점차 도깨비에 쫓기는 기분이었다.

"다치겠구나. 조심하여라."

바닥에는 크고 작은 돌투성이에 발이 배어 지끈거렸지만 내달리다가 이끼 낀 돌에 발을 헛디디고 미끄러지고 말았다. 나그네가 시아의 손을 붙잡아주었지만, 맥없이 털썩 주저앉고 말았다. 바로 그때였다.

시아는 언젠가 은무가 한 말이 번쩍 떠올랐다. 아름다운 도깨비는 그가 손을 사시나무처럼 떨었을 정도로 무서운 사람이라고 했다.

"나리가 무섭습니다. 도깨비처럼!"

"그거 아느냐? 도깨비야말로 민초들의 벗이지. 사악한 놈만 골라서 골탕 먹이니까!!"

"저, 저리가!"

시아와 애랑은 돌맹이를 들고 나그네에게 던졌다.

"역모 죄인의 아내답군."

다시 돌을 쥐고 던졌으나 또다시 쓱 피해버렸다. 닿지 않는다. 얄밉게도……

"선전관 나리!"

수풀 속에서 힘찬 함성이 들렸고, 순식간에 산속에 온통 웅성대는 그림자들이 쏟아졌다. 군졸들의 손마다 붉게 타오르는 횃불이 들려있었다.

2.

****

"애랑, 진시아!"

은무가 큰 소리로 외쳤다. 산에 메아리쳐 울린다.

"…… 어디로 갔느냐?"

잠시 멈추어 서서 가만히 귀 기울이노라니 아찔할 만치 바람 소리, 바스락대는 나뭇잎 소리, 울부짖는 짐승 소리가 들렸다. 그리고 어디선가 말발굽 소리가 아련하게 귓가에 맴돌았다. 그 소리만으로도 상서롭다는 것을 알 수 있었다.

소리를 따라가다가 진흙 웅덩이 속에 빠진 꽃신을 발견하였다. 그의 심장이 거칠게 요동쳤다. 꽃신을 주워 들고 다시 걸음을 옮겼다.

백마가 서성이고 있었다. 뺨 위로 빗방울이 하나둘 떨어지고 있었다. 아니, 눈물인가.

"백은규!"

"여기다! 누구기에 그리 애타게 날 부르나?"

소리를 따라 달려가자 애랑과 시아가 나무에 묶여있는 모습이 보였다.

"아는 여인인가?"

"모른다."

"여인, 그 말이 사실인가?"

"……."

"모른다고 했잖으냐!"

"아, 그래? 그럼, 갈 길 가게나. 낭자, 어째서 그런 눈으로 저 사내를 보느냐?"

은무의 발소리가 저벅저벅 멀어져갔다.

****

은무는 검을 꺼내 들었다. 오감이 예민한 말이 펄쩍펄쩍 뛰며 동요하였다. 검을 내리쳐 말고삐를 끊어버렸다. 그리고 그대로 백마의 뒷다리를 발로 집어 차버렸다.

"야랑?"

말이 신경질적으로 울음소리를 내자, 그 주인 또한 눈치챈 것 같다. 자신 쪽으로 다가오는 나그네의 발소리를 들으며 은무는 다시 쾅! 발길질하였다. 천금 준마가 요란한 말발굽 소리를 내며 산길을 돌진했다.

"야랑! 멈추어라!"

수풀로 달려온 백은규의 발걸음이 점점 빨라지더니 말을 쫓아 질주하기 시작했다. 삽시간에 백마와 그의 모습이 보이지 않았다.

"도망가야 한다."

"어디로?"

"저 해가 비추는 않는 곳으로."

은무를 따라갈수록 산그늘 진 음지가 한량없이 펼쳐졌다. 그는 커다란 바위 앞에서 걸음을 멈추었다.

"여기 숨어있어."

"……."

바위 뒤 빛이 들지 않은 응달쪽 깊숙이에 데려가 그녀들의 손을 꼭 붙잡았다.

"어두워지기 전에 돌아오마."

"……."

"혹시라도 날이 저물 때까지 돌아오지 않으면 동굴 안으로 가라."

"…… 같이 도망가."

"백은규는 금세 쫓아올 게다. 어서 끝내고 돌아오는 수밖에 없다."

멀리서 들려오는 말발굽 소리가 들리자 애랑의 낯빛은 언 것처럼 창백하게 변해갔다.

"이 시간부터 나를 모르는 거다."

"낭군님!"

그는 어서 가라는 손짓을 한 후, 다시 발걸음을 옮겼다. 이내 곧 은무는 그 안개 속으로 사라졌다.

그 후 한참 동안 기다려도 다시 나타나지 않았고 안개에 휩싸인 산속에는 아무것도 없다. 스산한 바람의 울림 속에서 늑대의 울음소리만 들렸다.

애랑과 시아는 바위 안으로 들어가 그 울음소리가 들리지 않을 때까지 두 귀를 막아버렸다. 햇볕이 들지 않는 바위 뒤에는 한기가 감돈다. 어디선가 바람이 불어오더니 하늘이 흐릿해지고 한두 방울 빗방울이 떨어지더니 빗방울이 똑똑 떨어진다.

3.

****

안개 깔린 산중에 추적추적 비가 내렸다. 기묘한 고요가 흐르는 가운데 멀리서 들려오는 타닥타닥 말발굽 소리가 메아리쳐 울렸다. 은무는 나무 위에서 숨죽이고 백은규를 기다렸다. 말고삐를 잡는 소리가 들리고 뚜벅뚜벅 발소리가 울렸다.

"어디에 숨었느냐?"

백은규가 그 안개 속에서 모습을 드러냈다. 예상대로 그는 활을 들고 있다. 등골이 오싹하게도 정확히 은무가 숨어있던 나무를 향해 활시위를 한껏 잡아당기고 있다. 그 눈빛은 서릿발처럼 차갑다.

다급히 피한 순간, 바람을 가르는 소리와 함께 시익하고 날아온 화살이 은무의 머리 바로 옆에 쿡 꽂혔다.

"비겁하게 그런 곳에 숨었느냐?"

"올라오시든가!"

"모양새 빠져서 싫으이. 내려와라, 요 쥐새끼 같은 놈아!"

나무 아래서 걸음을 멈추고선 가만히 위를 올려다본다. 산에 들어가 호랑이를 피하랴. 은무는 그대로 나무 아래로 내려와 마주 섰다.

"백은규, 뭘 그리 보느냐?"

"우은무, 유유상종이라더니 닮았구나."

"닮다니?"

"요 건방진 놈! 내 두 번이나 놓아주었건만, 배은망덕하게 내 말을 죽이려 들어?"

"삼세번이라지. 놓아준 김에 한 번 더 놓아다오."

그 뻔뻔함이 기막혔는지 백은규는 피식 웃어버렸다.

"그 버르장머리를 고쳐주마. 그런고로 이번엔 못 놓아준다."

백은규가 활과 궁대를 바닥에 내던지고 장검을 든 순간, 은무는 일격을 가했다. 강력한 그 일격에 두어 걸음 뒤로 물러섰을 뿐 백은규는 여유만만하게 웃고 있었다.

"이미 알지 않느냐? 자넨 나를 이기지 못한다. 다쳐봤자 고운 각시가 슬퍼할 테니 그 검을 버리게."

피가 거꾸로 솟아오르게도 그건 사실이었다. 호랑이는 달리기도 잘하고, 헤엄도 잘 치고, 나무에도 잘 오른다고 한다. 그래서 만났을 때는 그저 운수밖에 대응법이 없다 한다. 이 백은규도 그렇다.

"버리면 놓아주나?"

"잡아가지."

"그대 같으면 잡혀가겠느냐?"

"당연히 도망가지."

"그러니 도망가마. 없는 듯이 사라질 테니 못 본 척해다오."

"하하하!"

백은규는 큰 소리로 웃었다.

"대체 왜 내가 놓아주어야 하나?"

백은규의 검이 눈 깜짝할 새에 은무의 얼굴 앞에 와 있었다. 은무는 가만히 지켜보기만 했다. 찬물을 끼얹은 듯 서늘한 침묵이 흘렸다. 침묵 속에서 두 사람은 맞바라보고 있었다.

"우은무, 지금 뭐 하느냐?"

은무는 바닥에 검을 내던졌다.

"목숨을 구걸하는 게다."

"그 건방진 성정에 잘도 그러겠구나."

은무는 백은규의 발치 앞에 무릎을 꿇었다. 고개를 숙이자 흔들리는 자신의 초라한 그림자가 보였다.

"살아야 한다."

그 목소리는 간절하였다. 머리를 조아렸다. 땅에 드리워진 그의 그림자는 굴복한 강아지처럼 머리를 조아린 못난 모습이다. 이마가 땅에 닿을 듯이 더 깊이 조아렸다.

"가야 한다."

"우은무."

그가 고개를 들었다. 그 슬플 만치 간절했던 은무의 눈을 빤히 지켜보던 백은규는 자신도 모르겠다는 듯 어깨를 으쓱거렸다.

저자에게는 무리다. 비참함을 느끼지 못할 정도로 절박한 이 마음을, 아쉬울 게 없는 저런 사내가 어찌 알겠는가. 불과 한해 전의 자신도 그러했다. 그때는 알지 못했다. 작은 것 하나 가지려면 죽을힘을 쏟아야 하고, 작은 것 하나 지키려면 자신의 전부를 걸어야 한다는 것을.

어서 끝내고 그녀에게로 돌아가자. 몸을 일으켜 세웠다. 백은규는 은무가 검을 집어 드는 동안 가만히 지켜보고 있었다.

깊은 산속은 생동감이 넘치다가도 어느 한순간 정적이 흐른다. 바람마저도 멈춘다. 무거운 침묵 속에서 두 사람은 서로 얼굴을 마주 보고 있었다. 순간, 두 개의 검의 서슬 퍼런 검날이 번뜩였다. 산 호랑이처럼 서슬 퍼렇게 싸우는 두 사내의 모습을 누군가 보았다면 그 스산함에 놀라 나자빠졌을지도 모를 일이다.

****

"어이쿠!"

혹부리 조무영은 나무 뒤에 숨어있다가 다리의 힘이 풀려 뒤로 나자 빠졌다. 애랑을 찾아 헤매다가 은무가 애랑과 한 여인의 손을 잡고 어딘가로 달려가는 모습을 보았다. 그들을 따라갔다가 다시 은무를 쫓아왔다. 필시 서찰을 찾으러 가는 거라 확신했건만······.

두 사내의 바람을 일으킬 정도로 빠른 검 놀림과 냉혹하게 반짝이는 눈빛에 놀라서 주시할 수밖에 없었다. 동시에 두 개의 검이 하늘로 솟구쳤고 번쩍 빛을 냈다. 찰카당! 두 사내가 검을 맞댄 순간, 그저 보고만 있던 조무영이 호랑이에게 전신을 덮쳐진 것만 같은 충격을 느꼈다.

은무의 날카로운 심안은 결국 백은규의 빈틈을 찾아내고 명치를 뚫고 들어가려 했다. 백은규는 날렵하게 피하며 검을 맞부딪쳐 걷어내며, 날을 번뜩이며 달려들었다. 은무 또한 곧바로 반격하며 단번에 서로의 목을 겨누고 있었다.

"······."

두 사내의 무거운 눈길은 도깨비보다 무섭다. 힌없이 이어지는 침묵과 눈길 속에서 조무영은 작은 숨소리조차도 내지 못했다.

"석공 채 씨가 실토했네. 청국과 비밀리 교환한 서신을 자네가 갖고 갔다지?"

"두고 왔다."

"어디에?"

"달나라."

"인간이 어찌 달까지 가느뇨?"

"껑충껑충 뛰어갔지."

"그으래? 그럼, 살려둘 필요도 없겠군."

다시 빗방울이 떨어졌다. 한두 방울 빗방울이 떨어지더니 금세 퍼붓기 시작한다. 굵은 빗방울 하나가 눈으로 들어가 은무가 눈을 깜빡인 찰나의 순간,

"잘 가라."

백은규의 입가에는 미소가 감돌았다. 불타오르던 백부의 집에서도 저런 잔잔한 미소를 짓고 있었다. 은무의 입술이 노여움으로 떨리고 있었다.

은무를 향해 비처럼 화살이 쏟아졌다. 찰나 동안 숱한 생각과 추측이 번개처럼 번쩍이다 사라졌다.

"못됐어도 초승달처럼 간이 작아서 어둠을 무서워하는데……. 성질 급해도 기다리라면 꼼짝하지 않고 기다리는데 애랑은……."

"가련하구나!"

"하라는 대로 다 하겠다. 놓아다오!"

4.

****

"저 아래에 있다."

낭떠러지 아래를 내려다본 백은규는 현기증을 느꼈는지, 그대로 뒤돌아서서 부하들을 휘둘러보았다. 그의 부하들은 약속이라도 한 듯 일제히 시선을 피했다.

"나리, 어째서 소인을 보오?"

"보지도 못하느냐? 헌데 자넨 처자식이 없다 했던가?"

"그건 나리도 피차일반이라."

"이 몸은 혼자가 아닐세. 주상전하께서 기다리시는데 난들 어쩌랴."

"어련하시겠소만 소자도 늙은 어머니가 애타게 기다리시오."

"그럼, 자네는……."

"처자가 있소!"

누구 하나 사연 없는 이 있겠는가. 은무는 머뭇거림 없이 벼랑 아래로 뛰어 내려갔다.

"죽은 거냐, 도망한 거냐?"

"…… 그 입 좀 다물라."

"간담이 서늘했다! 다녀온다고 한마디만 하고 가면 될 것을 사람 놀라게!"

은무는 절벽 바윗돌을 위태로이 디디며 홀로 우뚝 솟은 소나무로 다가갔다. 소나무 뿌리 아래에서 힘겹게 상자를 꺼냈다.

"아직 살았느냐?"

"……"

가끔 백은규가 소리를 질렀다.

"대답 좀 하라!"

"…… 내가 지금 답할 기분이겠느냐?"

은무가 위로 올라오자, 일순간 찬물이 끼얹은 듯 고요해졌고 팽

팽한 긴장감이 감돌았다. 은무는 담담하게 백은규의 손에 서신을 넘겼다. 어찌 그리 초연하나 묻는 백은규의 눈길에 답하지 않고 묵묵히 앞만 보며 작게 말했다.

"약속대로 보내다오."

"……."

말없이 서신을 읽고 있던 백은규는 문득 생각난 듯 입을 열었다.

"그 전에 제안 하나 할까?"

"싫다."

"나와 함께 한양으로 가자."

"죽으러?"

"아닐세."

"차라리 간을 내놓으라고 해라."

"전하께서 명하셨다. 누가 아는가? 죄를 사하여주실지."

"누굴 천치로 아느냐?"

백은규는 서신을 넣으며 피식 웃었다.

"전하께선 백성을 위해서라면 사사로운 원한 정도는 묻어줄 수 있을 정도로 바다처럼 큰 품을 가진 분이시다."

"대체 내가 백성들을 위해 무얼 해줄 수 있단 건가?"

"글쎄."

백은규는 은무의 어깨에 손을 올렸다.

"저 해를 보며 절하라. 그러면 살지이다."

"사양하마."

"어서 무릎을 꿇려라!"

"사양한다."

장정들이 달려들어 강제로 무릎을 꿇리어 앉혔다. 은무는 끝까지 고개만은 조아리지 않으려 버텼다. 백은규가 은무의 머리를 손으로 쿵 누르며 해를 향해 부복하게 했다.

"자, 충성의 예는 올렸으니, 다음으로……."

"지금 뭐 하느냐?"

그러자 백은규가 다가와 가슴을 울렁이게 할 만치 달콤한 말을 은무의 귓전에 속삭였다.

"전하께서 자네가 이 서신을 넘겨주며 충성을 맹세한다면 복권해 주겠노라 명하셨다."

"그게 말이 되느냐?"

"전하께선 명분보단 돈을 좋아하시지."

"백만 냥을 달란 게군."

"그렇지!"

"그렇게 하지 않을 시에는……."

"그렇지! 죽이라신다."

은무는 백은규를 쳐다보았다. 이상하게도 그 순간 백은규는 다정한 눈빛으로 쳐다보며 서글서글하게 웃고 있었다.

"대감께서 남긴 재산으로 백성들을 구휼하지 않겠는가."

그 말에 가슴 깊숙이에서 무언가 따스한 것이 뭉클하고 벅차올랐다. 그건 누구보다 은무도 바라는 바였다.

"자, 어쩔 텐가?"

백은규가 손을 내밀었다. 은무는 천천히 손을 뻗었다. 이 손만 뻗으면 닿을지도 모른다. 저 해와…….

"자네……."

백은규의 손을 마주 잡은 순간, 오싹한 전율 같은 게 등줄기를 타고 내려갔다. 손이 사시나무처럼 떨리기 시작했다.

"어지간히 좋은가 보군."

은무의 떨리는 손을 내려다보던 백은규의 얼굴에 어둠이 드리워졌다. 그리고 곧 사람들의 비명이 울렸다.

"그림자다!"

갑자기 주위가 어둑해졌고 사람들이 일제히 하늘을 가리키며 웅성댔다.

"그림자다! 그림자다! 그림자다!"

"나리, 해가 사라졌습니다요."

"달그림자에 해가 잠시 가려진 것에 불과하다. 잠시 가려진다고 해가 사라진 건 아니지. 다만……."

"다만?"

"아아, 또 시끄러워지겠군."

백은규의 입에서 탄식이 흘러나왔다.

온천지가 그림자로 뒤덮인 것 같았고, 맑은 하늘이건만 금방이라도 비가 올 듯 어두침침해진 순간, 은무는 나무 뒤에서 큼지막한 그림자가 움직인 것을 보았다. 화살이 날아오고 있었다. 백은규의 심장을 노리고 있다. 그 죄를 어찌 가히 면하려고……. 정승의 아들을 죽여 어쩌겠단 말인가!

은무가 백은규의 팔을 잡아당겨 밀친 것과 동시에 은무의 등에 화살이 날아와 꽂혔다.

"윽!"

"은무!"

기침하며 피를 토해냈다. 머리가 어지럽고 다리가 비칠거려서 그 자리에서 바로 나동그라졌다. 절벽 아래로……. 과연 이번에는 북두칠성의 수명부에 자신의 이름이 올라와 있을까. 궁금했다.

"은무!"

백은규의 손이 은무의 옷자락을 붙잡았다. 은무는 자기 손을 놓치지 않으려고 안간힘을 쓰느라 그 잘생긴 얼굴이 새빨개진 것을 보며 역시 쉬이 죽을 자신이 아니라고 생각했다. 그런데 왜 자신은 손을 뻗지 못하는가. 자꾸만 손에 힘이 빠지고, 두 눈이 감기려 하는가. 아, 아니겠지? 조금만 더 가면 되는데…….

"활에 맞은 나귀가 즉살하였습니다!"

  그 많은 짐을 싣고도 끄덕 않고 이 험한 산을 오른 나귀를 단숨에 죽일 정도면 독화살이다.

"우은무!"

  백은규의 고함과 함께 옷자락이 직 찢어지는 소리가 울렸다. 아무래도 이번에는…….

  그래도 한 가지 위안이 있다면 다시 아름다운 해를 보았다는 점, 못내 아쉬움이 있다면 애랑에게 그 쉬운 미소 한 번 못 지어주고 온 점이다.

"기다리지 말라고……."

"우은무!"

5.

****

"괜찮아. 곧 올 게다."

애랑은 하늘을 올려다보며 은무가 무사하게 도와달라고 기도하였다. 그런데 하늘에는 먹구름이 잔뜩 몰려와, 주위는 급격하게 어둑해졌다.

"구름 때문이지 날이 저문 건 아니야. 아직 한참……."

회색빛 구름이 드리워진 하늘로 손을 뻗어보았다. 빗방울이 떨어지고 있었다. 차가운 바람이 불어온다. 빗살은 점점 거세졌고, 금세 퍼붓기 시작했다.

"꼭 올 게다."

"그래."

빗소리에 뒤섞여 철벅 철벅 진흙과 맞부딪히는 발소리가 울리자, 마치 하늘에서 동아줄이라도 내려온 듯 그녀들의 얼굴에 희망의 빛이 어렸다.

"그것 봐. 꼭 올 거라고 했지?"

"도련님께선 오지 못하신다."

"……."

빗속에 서 있는 조무영을 발견한 시아는 오한을 느끼고 양팔로 깊숙이 무릎을 감싸고 고개를 숙였다. 서늘한 냉기가 등을 타고 올라온다.

"어서 가야 한다."

"기다릴 겁니다."

"기다리지 마라."

"조금만 더 있으면 와서……."

"오지 못하신다. 도련님과 대적한 그자가 누군지 아느냐?"

"……."

"검과 활, 창까지 무재(武才)로는 이 조선에 따를 자가 없다는 무관으로, 금상의 총애를 한 몸에 받는 정승의 삼남이다. 도련님도 호기로 맞설 상대가 아닌 것을 알았을 텐데, 그 즉시 도망쳐도 모자랄 판국에 무슨 생각으로 맞서서……."

"금방 돌아온다고 약조하였습니다."

"그런 자를 당해낼 수 있겠느냐? 관군에 잡혀가셨다."

"거짓말! 약조하였습니다. 기다릴 겁니다."

"도련님께선 이미 죽은 목숨이다. 역적 죄인의 자식인 죄를 어찌 면할 수 있겠느냐? 역적과 정을 통한 네년은 무사할 줄 아느냐? 관군이 너를 잡으러 올 게다. 어서 가자!"

"여기서 단 한 발짝도 옮기지 않을 겁니다."

조무영은 곧바로 애랑의 팔목을 낚아채고 성이 나 고함을 쳤다.

"역적의 자식과 잠행 중인 암행어사가 훌쩍 사라진들 이상할 일도 아니다. 하물며 너 같은 양가녀 따위는……. 죽고 싶으냐?"

"예. 죽어도 여한이 없을 만치 행복했습니다."

그 말을 하는 애랑의 창백한 뺨을 타고 눈물이 흘러내리고 있었다. 그녀는 이미 알고 있었다. 은무가 오지 못한다는 것을, 어서 숨으라는 손짓을 하던 모습이 은무의 마지막 모습인 것을.

그런데도 애랑은 산 아래로 가지 않으려고 했다.

"같이 나락으로 떨어지고 싶으냐?"

"상공 어른이 계신 곳이 나락입니다."

"……."

조무영이 불현듯 애랑의 여린 목을 꽉 움켜잡았다. 애랑의 얼굴이 고통스레 일그러지는데도 조무영은 강한 손아귀로 더 힘껏 죄었다. 애랑은 앓는 소리 한번 없이 조무영을 맞바라보고 있었다.

애랑의 두 눈은 증오로 가득 차 있었다. 혹부리와 도깨비가 있는 이 바라 고을을, 나아가 세상을 증오하고 있었다.

"가야 한다."

조무영은 거칠게 애랑을 둘러업었다. 그때, 시아가 바위에서 뛰쳐나와 조무영을 밀쳤다.

시아는 애랑의 손을 꼭 잡으며 무작정 달렸다. 심장이 고동스럽게 뛰고 있었다. 가쁜 숨소리가 울렸다. 마치 하늘에 닿을 듯이 시아와 애랑의 숨소리는 점차 커졌다.

아찔한 천인단애 앞에 서자, 선선한 바람이 불어왔다. 이제 마음을 비우라고 이런 차가운 바람이 부는 걸까.

"혹부리 스토커에 쫓기던 때에는 항상 춥고 이 세상에 혼자 남은 것 같았어. 너를 만나고부터 더 이상 춥지 않았어. 가슴 속에서 무언가 따스한 게 퍼져나갔어."

"그게 행복이야."

"행복?"

"그래."

"너를 통해 내가 모르던 나를 봐서 안심되었어. 처음엔 저런 못된 애가 전생의 나라니! 믿기지 않았는데 어느 순간 깨달았어. 나도 너처럼 강해질 수 있단 점! 너처럼 솔직할 수 있단 것도 알게 되었어."

"나야말로 너와의 만남이 큰 행운이었어. 너와 만나고 열 배는 더 착해졌거든. 착해지니까 은무도 나를 좋아해 주고……."

시아와 애랑의 사이에 따스한 대기가 스며들었다. 포근한 하얀 안개를 따라 시아와 애랑은 다시 뚜벅뚜벅 걸음을 옮겼다.

"멈추어라."

그녀들은 천천히 서로 마주 보았다. 애랑이 웃자, 시아도 환히 미소 지었다.

"진시아, 네게 부탁하고 싶은 게 하나 있어."

"뭔데?"

"돌아가면……."

"돌아가다니?"

"한 번은 빛나."

"빛?"

"그래, 약속해!"

"약속할게."

시아와 애랑은 서로 손을 꼭 잡고 한 걸음, 한 걸음 옮겼다.

"기지."

IX. 빛이 쏟아지다

1.

****

톡톡톡, 창문을 두드리는 바람 소리에 긴 잠에서 깨어났다. 그 바람의 노크에 답하려는 듯 시아는 커튼을 젖혔다. 창 너머를 내다보는데 불쑥 낯선 목소리가 울렸다.

"드디어 깼군. 아가씨!"

2인실 병실 옆자리 할머니가 활짝 웃으며 반겼다.

오후에 가족들이 오가고 밤이 되었다. 창밖으로 노란 불빛으로 불야성을 이룬 멋진 야경이 펼쳐져 있었다. 어쩜 이렇게 고요한 풍경이 다 있을까.

"꼭 그날 같다."

달빛이 밝게 내리던 밤, 은무가 업어주던 그날이 떠올랐다. 시아는 밤하늘을 올려다보았다. 두렵도록 큰 달이 떠 있었다. 다시 야경을 가만히 둘러보았다.

혹부리를 피해 도망 다녔고, 우물에 빠져 깨어나니 명사십리였다. 그곳에서 역적지자와 '나'와 꼭 닮은 여인을 만나 함께 울고 웃던 것이 다 하룻밤 꿈일까.

그게 무엇이든 그렇게 또 다른 '나'를 만난 것만으로 마치 몽유록 소설 주인공처럼 세상이 달리 보였다.

시아는 다시 창문을 보았다. 쇠창살이 없었다. 열렸다. 그것은 자유를 의미하였다.

간지럽도록 설렌 바람이 불어왔다.

바람이 불어왔다. 그 바람에 그녀의 긴 머리카락이 흩날렸고 머리카락 몇 올은 얼굴을 스치며 간지럽혔다. 시아는 너펄거리는 머리에 손을 올렸다.

손끝에 차가운 무언가가 닿았다. 일순 시아의 심장이 철렁했다. 전율처럼 온몸에 소름이 돋았다. 차갑고 단단한 그것을 살며시 당겨보았다.

"진짜였어."

파란색 머리꽂이를 손바닥 위에 놓고 곰곰이 들여다보다가 가만히 두 눈을 감았다.

"꿈이 아냐."

시아는 자신에게 꼭 기억하라는 듯 속삭이며 머리꽂이를 손에 꼭 쥐었다.

시아는 다시 달을 보았다.

"달님, 애랑과 은무가 어떻게 되었는지 알고 싶어요."

"애랑, 은무?"

옆자리 할머니께서 물으셨다.

"어디서 들어본 적 이름인데……. 드라마에 나오는 인물이지?"

"아니에요."

"분명 들었는데, 잠깐 그 손에서 반짝이는 그건 뭐지?"

"제 보물이에요."

"아니, 우리 가문 보물 같은데?"

"예?"

"알아. 그 방물은 우리 가문에 대대로 내려오던 거지. 색깔은 다르지만."

이 할머니께서 혹시 치매에 걸리신 게 아닐까. 그래도 혹시나 해서 물어보았다.

"할머니, 혹시 북두칠성 도포와 은비녀도 있었나요?"

"있지. 그걸 어떻게 알지?"

"어디에 있나요?"

"우리 가문 역사공원 내 작은 박물관에."

조용히 병실 문이 열렸다.

"진시아 씨, 깨어났군요."

"선생님께서 여긴 어떻게 오셨나요?"

"우리 할머니세요."

"유호야, 저 아가씨 손에 들린 방물과 똑같은 게 우리 가문에 있지? 아가씨에게 말 좀 해주어라."

"어떻게 그게 진시아 씨 손에 있어요?"

"선생님은 이해되나요?"

"무엇을요?"

"그림자."

"글쎄요."

"저는 사랑해요. 저인데 제가 아닌 나를."

"좋은 태도네요."

그는 자기 그림자를 사랑하는 일 따위 별반 큰일이 아니라는 듯 무심하게 고개를 끄덕였다.

"저는 제 전생에 갔다 왔어요. 거기서 전생의 나와 그 애의 짝을 만났어요."

"꿈에서 만난 아니마, 아니무스 같은 존재가 아닐까요?"

"아니에요."

"그런 꿈을 꿀 수 있으나 그 꿈이 현실과 혼동되면 망상입니다."

"아니에요!"

"맞습니다!"

"여기 증거도 있어요!"

부적처럼 손에 꼭 쥐고 있던 나비 머리꽂이를 내밀었다.

"애랑이 주었어요."

"꿈이에요."

"고작 꿈을 꾼 것뿐이라면 왜 이토록 가슴 아프죠?"

"꿈이니까요."

"전 갔어요. 과거의 나에게로!"

"어떻게요?"

"저 우물에서 빠져서 깨어나니 바다였고, 조선 시대였어요. 그곳에선 이 점이 파랗게 빛났어요."

"진시아 씨."

"제가 미쳤다고 생각하시죠?"

"칼 융은 꿈에 등장하는 사람은 그림자라고 하였죠."

"그림자라고요?"

"예. 또 다른 나죠. 꿈에 그림자가 등장할 때는 우리들의 결핍을 채워주기 위해서라고 해요. 진시아 씨의 결핍은 뭘까요?"

"자유."

"더 말해봐요."

"스토커가 나타나고부터 마음의 발이 묶이고 몸이 갇힌 것 같았죠. 선생님 말씀대로라면 제 자유를 향한 갈망이 그 애를 만나게 한 거란 거죠?"

"우리가 억압하고 억제해 온 무의식의 존재를 깨닫는 것만으로도 홀가분해집니다. 이 일을 반복하면……"

"자유로워져요."

"네. 꼭꼭 숨긴 '그림자'와의 만남이 자유를 향한 첫걸음이 되기도 하죠. 또 누가 있었죠?"

"당신이 있었어요."

"제가요?"

"이름은 우은무."

"당신의 아니무스인가요?"

"그런 건가요?"

"진시아 씨, 이상하지요? 저도 알아요. 그 우은무라는 사람."

"어떻게요?"

"제 조상님이죠. 그 방물도 저희 가문 박물관에 똑같은 게 있죠."

"다홍색이죠?"

"네, 맞아요."

"그렇다면 선생님은 우은무와 애랑이 어떻게 되었는지도 아세요?"

"글쎄요. 잘 기억나지 않아요."

시아는 머리꽂이를 들여다보았다.

"어디로 가야 할지 깨달았어요. 이젠 길 잃지 않을 자신이 생겼어요."

"그걸 두고 우리는 이렇게 말하죠. 성장!"

"아가씨, 내일이 퇴원 날이지? 유호 네가 박물관에 데려다주거라. 네가 맨날 읽던 서책도 보여주고."

"예?"

"이 아가씨는 필시 우리 가문과 연관이 있을 게다."

"말도 안 돼요. 시아 씨는 꿈을 꾸었는데……"

"유호야, 어떤 빛이든 어둠이 없이는 볼 수 없다. 밝은 낮만 아는 너 같은 아이는 영원히 알 수 없을 게다."

"정말 시아 씨 말을 믿으세요?"

"삭, 달이 보이지 않는 어둠을 겪어서야 달이 얼마나 밝은지 알게 되지. 이 아가씨는 어둠 속에서 빛을 찾은 거 같구나."

****

취죽(翠竹)이 울울하게 자리한 길을 지나자, 웅장한 솟을대문이 나타났다. 그곳은 문중의 고택이었는데 벽을 다 허물고 역사공원으로 만들었다고 한다. 우유호의 가족은 사랑채에 살았다고 한다.

원래는 만석의 곡식과 금은보배, 온갖 희귀품이 있던 곳간을 허물고 새로 건물 하나를 세웠다 한다. 바로 우씨 가문의 역사를 모아놓은 작은 박물관이었다.

"저 북두칠성 도포와 비녀의 주인은 우은무와 애랑이죠?"

"시아 씨가 어떻게 알아요? 이런 쪽에 관심 있나 보죠?"

"우은무는 어떤 사람이죠?"

"역적으로 몰렸을 때, 가문의 멸족을 피하게 해주었다지요. 벼랑에 숨겨놓은 아버지의 서신을 백은규라는 종사관에게 넘겼다고 해요."

"이 비녀 주인인 애랑은 어떻게 되었나요?"

"조상님의 소실 말이죠?"

소실이라니! 애랑의 성미에 참기 힘들었을 텐데.

"자식은 없지만, 총애받은 걸로 나와요. 백년해로한 후, 무덤도 나란히 두었을 정도죠."

박물관은 매우 어두웠지만 차분한 분위기였고 공기도 쾌적했다. 벽에 걸린 액자와 장식품을 둘러보았다.

은으로 만들어진 비녀가 시아의 마음을 사로잡았다. 초승달 모양의 비녀 머리에는 북두칠성 문양이 조각되어 있었다.

시아는 비녀 머리 쪽에 손으로 뻗었다.

"놓으세요."

"이 비녀, 제 것 같아요."

"허튼소리! 마시고 놓으세요."

시아가 잡아당겼지만, 맞은 편 그는 좀처럼 손에서 놓질 않으려 했다.

"우리 우씨 가문 보물입니다. 만지지 말라고 쓰여 있죠?"

"그 비녀, 갖고 싶어요."

"하하하! 이러지 마세요. 이 비녀는 우리 가문 대대로 내려오는 걸로 제 신부에게 줄 겁니다."

"주세요."

"뭐에 쓰려고요?"

"제 것 제가 가져가는 게 이상한가요? 주세요. 비녀 주인이 기뻐할걸요? 근데 두 사람의 산소는 어디에 있나요?"

"저기 뒷산이에요. 진시아 씨, 진시아 씨! 같이 가요!"

시아는 길을 빠르게 걸었다. 한번 뒤돌아보지도 않고 공원 끝자락에서 이어지는 산으로 가고 있었다.

"진시아 씨! 그쪽이 아니라 저쪽!"

그가 가리키는 쪽을 보니 정말로 사람들이 밟아서 만든 적은 길이 있었다. 그 길을 따라 나아갈수록 세상의 모든 음향이 풋잠이라도 들었는지 바람 소리와 그 바람에 흔들리는 나뭇가지의 수선스러움도 잠잠해져 갔다. 세상은 눈부시게 밝았다. 한 걸음, 한 걸음 길을 걸을수록 더 밝아졌고 곧 이 햇빛에 감싸인 무덤 두 개가 나타났다. 시아가 다가갔을 때, 하얀 바람이 불어왔다. 그 바람은 어딘가 알 수 없는 그리움을 풍겼다.

"그 약속, 꼭 지킬게. 애랑……."

****

바람이 불자 향긋한 풀 내음이 풍겨왔다. 이곳은 낯익은 곳이다. 은무가 산삼을 찾느라 이 부근을 헤매던 곳이다. 이곳에서 조금 더 가면 그곳이 나올 것이다. 바로 전날 밤에도 꿈을 꾸었다. 그곳은 폭포가 끝없이 떨어지던 그곳······.

"이쪽이던가."

물소리가 간간이 들린다. 주변을 둘러보았다. 얼굴에 나뭇가지가 날카롭게 스치곤 했다. 손으로 나뭇가지를 거두며 조심하였지만, 산그늘에 미처 보지 못한 가지에 긁혀 상처를 입었고 비탈길에서 다리를 접질리고 말았다. 그래도 시아는 걸음을 멈추지 않고 물소리를 따라갔다.

아니었다.

허탈해하며 실개천에 손을 담그고 완만히 흐르는 물 위에 비친 자기 얼굴을 내려다보았다. 애랑과 닮은 그 얼굴을 보자, 더더욱 그곳에 가고 싶어졌다.

"진시아 씨, 이 험한 산에서 혼자 가면 어떡합니까?"

시아는 자리를 털고 일어서서 뒤를 돌아보았다. 산그늘 진 음지가 한량없이 펼쳐진 수풀 더미에서 한줄기 밝은 빛이 보인 것은 착각일까. 문득 알 수 없는 직감에 사로잡혀 조심스레 걸음을 옮기려던 순간, 눈앞에 계곡과 폭포가 나타났다.

하늘도, 땅도, 물도 고요하였다.

하얀 햇살이 내리비추던 그곳은 아주 고요했고, 이상하도록 따스했다.

"애랑……."

비록 찰나적으로 스쳐 가는 짧은 순간이었더라도 그 추억은 영원히 잊지 못할 것이다. 이 가슴속 빛이 되어줄 것이다. 앞으로 나아갈 힘이 되어주고, 위안이 되어줄 것이다. 설령 다시는 만나지 못하더라도 가슴 속에서 살아갈 것이다. 이 그림자와 함께.

****

"여긴."

"별채예요. 어릴 적에 제가 살던 곳이죠. 이걸 보세요."

"이건 뭐죠?"

"〈은무전〉이죠."

수호전, 삼국지보다 더 재미있었다. 시간 가는 줄 모르고 읽었다. 이 이야기에서 시아가 가장 좋아하는 부분은 이렇다.

["앉아보아라."

은무는 애랑을 앞에 앉히고 그 뒤에 무릎을 세우고 앉았다.

댕기를 끄르고 세 갈래로 땋은 머리채 안으로 딱딱한 손가락을 집어넣어 쓸어보았다. 머리를 늘어뜨리고 쪼그리고 앉아 있던 애랑은 내내 말없이 은비녀를 들여다보고 있었다.

"그대는 어디가 가장 고운지 아느냐?"

"……."

애랑은 고개를 저었다.

"고운 건 천 가지가 넘으나, 이 머리채가 으뜸이다."

"뭐어?"

애랑은 의외라는 듯 뒤돌아보았다. 보름달처럼 큰 눈망울과 눈이 마주치자, 은무의 얼굴에 점점이 웃음이 번져갔다.

"아니다. 이 두 눈이군!"

이제야 이해한 듯 애랑이 웃었다.

"아니다. 입술이었군!"

"도련님께서도 참!"

애랑이 고개를 돌렸다. 치렁치렁한 머리카락을 쓸어 넘겨주자 드러난 귀가 발그스름히 물들어있었다. 은무가 머리카락 사이로 손가락을 넣고 쓱쓱 쓸어 넘겨줄 때마다 기분이 나른해졌는지 두 눈을 지그시 감았다.

언제부턴가 은무는 참빗을 가져와 빗질해 주었다.

"그래도 역시 이 삼단 같은 머리채가 가장 곱구나."

가지런히 올린 머리끝에 은빛 비녀를 꽂아주고선 흐뭇한 미소를 지으며 면경을 보여주었다.

"부인."

"낭군님."

누가 먼저랄 것도 없이 부둥켜안았다. 가속도, 친지도 없이 둘만의 조촐한 혼례를 치렀는데도 가슴 가득 따스함이 번져간다.　]

'은무전'은 해피엔딩이다.

****

"이 빗 써도 될까요?"

시아는 왠지 열에 들떠 그를 올려다보고 있었다. 그런 그녀의 뺨에는 나뭇가지에 긁힌 상처가 있었다.

"당연하죠."

그는 자신도 모르게 손을 그녀의 뺨 위에 올렸다. 살갗을 화끈거리게 했는지, 그녀가 깊숙이 고개를 숙였다. 시아의 목에 있는 일곱 개의 점을 보고 작게 한숨을 내쉬었다. 손가락으로 살며시 점을 눌러 보았는데 그녀의 목은 불덩이처럼 뜨거웠다. 그 자신도 열이 있는 것 같았다.

"당신도 북두칠성 모양의 점이 있군요. 그거 아세요? 진애랑의 목에도 북두칠성 모양의 점이 있었다고 해요. 그래서 귀하게 여겨졌다고 해요."

시아는 미소 지으며 긴 머리채를 빗질하였다. 흑단처럼 긴 머리카락을 묶으려 했지만, 자꾸 흘러 내려와 머리를 뒤로 쓸어 넘겨도 또 내려왔다. 답답해 작게 한숨을 내쉰 순간, 갑자기 머리카락에 낯선 이질감이 느껴져 고개를 들어 뒤를 보았다.

 우유호, 그의 얼굴에 웃음기가 감돌았다. 그는 결 좋아 보이는 머리카락 안으로 손가락을 집어넣어 쓸어주었다. 찰랑찰랑 기분 좋게 그의 손가락을 간질이는지 그가 또 웃었다.

 어느 틈엔가 그가 그녀의 뒤쪽에 서서 머리채를 쓱쓱 빗어서 귀 뒤쪽으로 넘겨주었다. 귀찮다는 듯 그녀는 자신의 머리카락을 머리끈으로 댕강 묶은 후, 비녀를 꽂았다. 그게 마음에 들지 않았는지 그가 다시 비녀를 끌어내렸다. 단단한 손가락이 머리카락 안으로 미끄러지듯 들어와 쓱쓱 빗은 후, 다시 묶어주었다. 그의 손길에 마음이 간질거렸지만 내버려두었다. 그는 올림머리를 해준 뒤, 살며시 파란색 뒤꽂이를 꽂아주고 마지막으로 조심스레 은비녀를 꽂았다.

"비녀, 가져요."

"고마워요."

"가볼까요?"

"예, 가요."

X. 그곳에 있는 건, 자유

1.

****

집으로 돌아간 며칠 후였다. 햇살이 도로 아스팔트에 반사되어 반짝반짝 빛이 났다. 새들의 노래가 명랑하게 울렸고 산책하는 개들은 웃고 있었다.

잠시만, 아주 잠시만 더 평온한 여운을 느끼고 싶었다. 시아의 이런 바람과 달리 불현듯이 누군가 뒤에서 시아의 가방을 잡아당겨 당황하게 했다.

'그만해. 제발……'

소리치고 싶은데 목소리가 잠겨 나오지 않았다. 고작 힘없이 눈물을 흘릴 뿐이다. 그사이 그자는 가까이 다가오고 있었다. 시아는 마치 독사라도 만난 사람처럼 핏기 사라진 얼굴을 필사적으로 뒷걸음질하다가 내달렸다.

성당 안으로 들어간 순간, 안도의 한숨을 내쉬었다. 그곳은 아주 밝고 깨끗했다. 거대한 암석 위 오른편에 구멍과 함께 사람 키만 한 하얀 대리석의 마리아 님 동상이 있다. 마리아 님께서 고이 두 손을 마주하고 계신 모습이 아름다우면서도 인자해 보였다.

저벅저벅, 낯익은 발소리에 가슴이 철렁해져 거대한 암석 오른편 옆에 키 큰 소나무들 뒤 작은 틈새에 숨었다.

암석 뒤 가장 응달에 진 안쪽에 앉아 바닥을 내려다보던 시아는 성모 마리아상을 올려다보며 도와달라고 기도하였다.

하늘에는 먹구름이 잔뜩 몰려와, 주위는 급격하게 어둑해졌다. 회색빛 구름이 드리워진 하늘로 손을 뻗어보았다. 빗방울이 떨어지고 있었다. 차가운 바람이 불어왔다.

빗속에 서 있는 혹부리 스토커를 발견한 시아는 오한을 느끼고 양팔로 깊숙이 무릎을 감싸고 고개를 저었다. 빗소리에 뒤섞여 철벅 철벅 다른 발소리가 울리자, 얼굴에 희망의 빛이 어렸다.

"이번에는 꼭 잡으라고 했시?"

여자 목소리였다. 누구와 이야기하는 걸까?

"어찌나 재빠른지."

여자가 고개를 돌린 순간, 서늘한 냉기가 시아의 등을 타고 올라왔다. 여자 목소리의 주인은 조미진이었다.

"진시아는 마음이 약해서 금방 무너질 거야."

"고등학교 때부터 친구면서 왜 그렇게까지 해?"

"오빠, 우리 오누이가 시아네 할아버지 때문에 얼마나 창피를 당했어? 장학금이며 생필품이며 받으면 뭐 해? 전교생에게 거지 취급받았는데!"

"내 생각도 그래. 어렸던 네가 우울증에 걸려서 얼마나 고생했던지 생각도 하기 싫다. 선생님도 당해보라고 돈을 빌려주려 했지만, 끝까지 안 받더라."

"그러니 손녀인 진시아가 그 대가를 받아야지."

그들을 지켜보고 있던 시아는 자기 두 발 아래로 바짝 드리워진 그림자를 보며 다짐했다.

"이제 도망치지 않아."

****

우물가로 가서 우물 뒤에 숨었다. 역시나 혹부리 스토커가 따라왔다. 손전등을 비추며 아래를 내려다보던 혹부리 스토커의 어깨를 밀쳤다. 쿵, 스토커가 우물 아래로 떨어졌다.

"위쪽으로 휴대폰 던져요. 안 주면 우물 뚜껑을 닫고 가버릴 거예요. 물론 아무에게도 말하지 않을 거고요."

혹부리가 넝쿨을 타고 가까스로 우물 입구까지 당도하였을 때, 시아는 돌멩이로 손을 쾅! 내리쳤다. 충격에 휘청대던 혹부리는 당장에라도 다시 우물로 떨어질 듯 위태로웠다. 우물 아래로 떨어지는 것만은 피하고 싶었는지 휴대폰을 건네주었다.

"무섭지 않아? 내가 여기서 나가면……."

"우스워요."

시아는 돌로 혹부리의 손등을 찍었다. 다시 우물 아래로 그자가 떨어지자 쾅, 우물 뚜껑을 덮었다.

그자의 휴대폰을 들고 성큼성큼 설음을 옮겼다. 어느덧 저녁이 된 거리를 지나 경찰서 앞에서 걸음을 멈추었다.

"신고하러 왔어요."

혹부리 스토커와 조미진을 신고하고 경찰서를 나오던 그 까만 밤 순간, 신선한 공기가 밀려왔다. 시아는 경찰서 앞 화단 벤치에 앉았다.

훌쩍,

이제 자유인데, 왜 자꾸 눈물이 날까?

훌쩍훌쩍,

눈물이 다 흘러내려 마르도록 고개를 떨구었다.

이상했다.

가슴속이 푸근했다. 희망으로 가득 찬 듯 설레기도 했다.

"내 깜깜한 세상에 다시 빛이 스며들어. 네 덕분이야. 애랑……."

****

 우유호는 퇴근하고 집으로 가고 있었다. 근데 또 저 진시아가 따라와 나란히 걷고 있었다. 그가 걸음을 재촉하니 이젠 아예 살며시 옷자락을 잡았다. 결국 그는 걸음을 멈추고 그녀를 돌아보았다.

"전 진시아 씨에게 해를 끼친 적 없건만, 어째서 이렇게 못살게 구나요?"

"건드리지 않은 벌이 쏘겠어요?"

그의 미간이 찌푸려졌다.

"거, 건드리다니요?"

"책임지셔요."

그녀는 그리 말하며 배시시 웃었다.

"책임지라니요?"

"제 머리를 빗었잖아요."

"그게 그렇게 책임까지 질 일인 줄은 몰랐군요."

"전 그래요!"

시아는 평소의 수줍은 모습은 온데간데없이 대뜸 그에게 입술을 포갰다.

"선생님은 제 거예요."

"뭐든 자기 거라고 하면 어떡해요?"

"그러니까 그치지 않고 흘러가는 저 바닷물처럼, 흘러가는 대로 두세요."

그리 말하며 그녀는 그의 목에 팔을 감았다. 그는 시아의 심장이 요동침을 느꼈다. 그녀의 허리에 손을 올리고 있던 그 또한 점점 심장 울림이 커졌다. 그는 시아의 손을 꽉 잡았다.

"좋아요."

시아는 그에게 손목을 붙들린 채 어디로 가는지도 모른 채 따라갔다. 긴 숨을 들이쉬며 하늘을 올려다보았다. 무수한 잔별이 빛나고 있었다.

끝

나에게로 가는 나

초판 1쇄 발행 2025년 11월 18일

지은이 진노랑
펴낸곳 꿈꿈북스
출판등록 제2025-000007호
주소 대구 달서구 장기로 225
팩스 0504-190-3864
이메일 ggumggumbook@naver.com

copyright ⓒ 진노랑 2025

ISBN 979 - 11- 992204 - 2 -3

+ 잘못 만들어진 책은 구입한 곳에서 교환해드립니다.